어머니, 당신이 희망입니다

세 번째 이야기

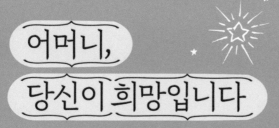

어머니, 당신이 희망입니다

세 번째이야기

홍윤옥, 이은자, 김효정, 김순자, 최원교 지음

공감

'어머니, 당신이 희망입니다'는
100세까지 돈 버는 책 쓰기 브랜딩으로
영향력 있는 명강사, 1인 기업가 되기 프로그램 중 하나이며
반드시 거쳐야 하는 필수 과정입니다.

'어머니, 당신이 희망입니다'는 개인의 삶을 집필하는
개인 책을 쓰기 전에 거치는 글쓰기 기초 과정입니다.

우리는 처음부터 뛰지 못했습니다.
아장아장 걷는 것부터 엄마께 배웠습니다.
아니, 일어서는 것부터 배웠습니다.

글쓰기도 그와 같습니다.

엄마와 함께 시작했습니다.

성장하는 글쓰기를 위해 그 어느 누구의 도움도 받지 않았습니다.

넘어지면 다시 일어나고

또 넘어져도 또다시 일어설 것입니다.

서툴러도 나만의 글쓰기를 시작했습니다.

글을 쓰기 시작했습니다.

각자의 컬러가 다르듯이

글 쓰는 방법도 다릅니다.

일어서는 방법도

걷는 방법도

딱따라 책 쓰기 비법으로 마음을 이야기했습니다.

차례

첫 번째 이야기
홍윤옥

두 번째 이야기
이은자

세 번째 이야기
김효정 1·2

네 번째 이야기
김순자

다섯 번째 이야기
최원교

008

052

090·122

152

192

첫 번째 이야기 홍윤옥

글 순서

엄마 저 작가 되었어요

부글새벽을 만나다

보고 싶은 울 엄마

엄마와의 약속

30년 중고 사랑

당신은 지금 무엇에 감사하고 있나요?

일단 도전했어요

새롭게 창조한 오늘

글동무를 찾습니다

오늘 하루 부자로 살아 보자

엄마 저 작가 되었어요

엄마 저 작가 되었어요.

감사합니다.

제일 먼저 자랑할게요.

엄마 덕분에 글 쓰는 작가로 다시 태어났어요.

계실 때

이 책을 보여 드렸으면 얼마나 좋아하셨을까?

장하다, 막내딸!

대견해!

이쁘다고 하시면서 꼭 안아 주셨겠지.

그곳에서 동네방네 딸 자랑하세요.

우리 막내딸 인기 작가 된다고!

지금은 아니지만,

(3년 뒤에 베스트셀러 작가로 소식 전할게요)

1년에 한 권씩 책 써서 보여 줄게요.

엄마 사랑해요.

엄마는 보석, 딸도 보석입니다.

사랑합니다.

사랑합니다.

사랑합니다.

매일 전화하고 사랑한다고 못했어요.

제일 쉬운 일인데!

생활이 바쁘다는 핑계 아닌 핑계.

그곳은 어떠세요!

아버지 만나셨어요?

아님 멋진 분과 데이트하고 계시는가요.
몸은 약하지만, 마음은 열정적이고 뜨거우신 엄마
약한 몸으로 농사일하시고
자식들 보살피느라 자신의 건강은 늘 뒷전

딸이 챙기지를 못했어요.
엄마?
불러 보고 싶어서

궁금하지,
어떻게 글을 쓰게 되었는지
저도 신기해요 감사하고.

이 글을 읽고
한 사람이라도 위안받았으면 하는
바람으로 쓰고 있어요.
유명해져서 선한 영향력을 주는 딸이 되면,
사람들에게 행복을 전할 수 있잖아요!

엄마가 그랬죠!

작은 거라도 도울 수 있으면 도와주라고!

기대하고 계셔요.

대신 그곳에서 응원 많이 해 주셔야 해요.

자랑스러운 막내딸 잘하고 있다고.

부글새벽을 만나다!

당신이 그 일을 해내려고 한다면

먼저 당신 스스로 해낼 수 있다고 믿어야 한다.

— 마이클 조던

지금 이 순간 감사하면서

실행합니다.

신세계를 만났습니다.

새벽 5시

24시간만 주어진다면 무엇을 하고 싶은지?

부자들의 글 쓰는 방,

부글새벽 줌으로 처음 봤는데 빛이 났어요.

이상한 사람들인가?

이 시간에 얼굴에서 반짝반짝 광채가.

잘못 들어왔나!

의심이 약간 들었지만 지켜보기로 했지요!

명상부터 시작 20분

명상 세계 처음

가장 편한 방향으로 앉아서

허리는 바르게 펴고 손바닥은 무릎 위에

우주의 기운을 받을 수 있게 펴고

처음 하시면 5분부터 시작

하는 도중 어떤 생각이 나도

그냥 흘려보내시고

좋은 생각 많이 하세요.

잠깐 졸 때도 있다고 합니다.

시간 20분 금방 지나가요.

마무리는 두 손 모아 감사합니다.

덕분에 명상 세계를 알게 되어 행복합니다.

1년 동안 꾸준히 하고 있습니다.

우주의 기운을 받아 행복한 마음으로

1조 자산가 경제적 자유를 위해 달리고 있습니다.

진짜 열심히 살았으니?

내일 죽어도 후회 없는 삶을 살았어.

자신에게 질문해 보세요.

늘 깨어 있어라.

삶은 소중하다.

당신은 사랑받기 위해 태어났습니다.

철저하게 치열하게

360도 오감을 열고

될 때까지 하는 끈기, 열정으로

시간을 아껴서 하루를 보내라고 말씀하신

멘토이신 행복 1타 강사

100세 라이프 디자이너 최원교 대표님

덕분에

새로운 마음으로

삶의 주인으로

내 생각을 지배하며

살고 있습니다.

나는 보석이다.

당신에게 24시간만 있다면 무엇을 하실래요?

책 1권 쓰기에 도전

딱따라 책 쓰기 비법

대표님 믿고 도전했습니다.

감사합니다.

보고 싶은 울 엄마

생각이 난다.

홍시가 열리면

울 엄마가 생각이 난다.

다들 알고 계시는 홍시 노래 가사입니다.

이 노래를 들으면 엄마 생각이 더 납니다.

엄마 생각이 나거나 보고 싶으면 노래를 불러 봅니다.

지나가다 홍시가 보이는 과일 가게를 보면 들러서

쳐다보고 사게 됩니다.

엄마가 오랫동안 치통으로 고생하셨거든요.

이가 아프시면

저에게 물을 떠 오라고 하셔서

입에 물고 치통을 잠시나마

이겨 내셨어요

그때는 진통제가 흔하지 않았거든요.

잠시 고통에서 해방되라고

그럼 괜찮다고 하시지만

얼마나 참느라고 애쓰셨는지

지금 이해가 되니

참 못난 딸입니다.

그때는 잘 몰랐습니다.

엄마는 항상 내 곁에 계시는 줄 알았습니다.

보고 싶습니다.

손잡아 드리고 싶어요.

사랑한다고 말해 주고 싶고

감사하다고, 고맙다고
표현해 주었으면 얼마나 좋아하실까?

좋아하시는 말랑말랑한 홍시도 사 드리고
맛있는 거 만들어 드리면
참 좋아하실 텐데

엄마는 약하신 몸을
자식들이 걱정할까 봐 얘기를 않으셔서
병을 더 키우신 것 같아요.

전화하면
잘 있다 괜찮다.
너희들 잘살고
어른들에게 잘해라.
늘 강조하시고 또 하셨지요.

언제나 좋은 말, 긍정의 말!
자기 몸을 조금 더 아껴 주시고

자식들에게 아프다고 이야기했으면

우리 곁에서 오래 계셨을까 원망해 봅니다.

때늦은 후회를 해 봐야 소용없지만,

그래도 보고 싶습니다.

엄마 보고 싶어요.

어디 계셔요!

거기서 지켜보고 계신가요?

자식들 잘하고 있나!

건강한가? 잘살고 있냐?

걱정하면서

걱정하지 마세요.

막내 사위 만물박사 유 서방, 외손주.

오빠, 언니, 손주, 손녀, 각자 자기 자리에서

잘하고 있어요. 엄마.

저 글 쓰는 작가 된 거 말했지요.

이곳은 이상한 유행병이

전 세계를 강타해서

독감보다 강력한 병 때문에

많은 분이 돌아가셨어요.

3년 동안은 마스크를 쓰고 다녔어요.

아직도 진행 중, 곧 끝나긴 하겠지만!

사람들이 모이지 못하고

온라인으로 만나서 공부하고 노래 부르고

물건도 사고 완전히 딴 세상이 되었어요.

엄마는 상상도 안 되시죠.

여기는 사람이 하는 일을 로봇이 대신 도와주고

치료도 하고 친구도 되고

별세상으로 변했어요.

보시면 재미있다고 하실 텐데!

저도 덕분에 글을 쓰면서

온라인 건물주, N잡러 되었어요.

밖에서 활동을 많이 못하니

온라인으로 이사를 해서 거기서 활동해요.

100세까지 건강하게 선한 영향력으로

한 사람이라도 위안이 되고 힘이 되는

글을 쓰고 싶어요.

사랑과 응원 보내 주세요.

엄마의 열렬한 사랑이 필요합니다.

엄마와의 약속

있잖아

불행하다고 한숨짓지 마.

햇살과 산들바람은 한쪽 편만 들지 않아.

꿈은 평등하게 꿀 수 있는 거야.

나도 괴로운 일이 많지만 살아 있어 좋았어.

너도 약해지지 마.

— 시바타 도요, 『약해지지 마』

이 글을 보니 엄마와 약속이 생각났어!

엄마랑 얘기하다가

캠핑카 타고 여행 가자고 했는데, 말만 꺼내고

한 번도 여행을 못했잖아!

전화로 오늘은 어디 가고 싶은지 물어만 보고

정작 떠나지도 못하고

99세 첫 시집을 낸 작가님 글 보니

엄마 생각나서!

요즘은 캠핑카도 대여하고

현지에 가면 준비가 되어 있어서

떠나기만 하면 돼요.

좋은 세상인데 볼 것도 많고

구경할 것도 많은데 아쉬움만 가득

주변에 부모님 모시고 여행하는 모습 보면 엄마 생각나네.

계실 때 많이 다니고

웃을 수 있는 일 많이 만들어 주시라고

마음속으로 빌어 주고 있어.

엄마랑 제주도 한 달 살아 보기로 했는데

약속만 해 놓고 지켜진 게 없네!

한 가지 있다!

크다 TV에 출연!

크고 다른 야망 의자,

1인 기업을 만드는 방송에 출연하는 영광을 얻었어.

엄청나게 떨면서 촬영했지.

늘 웃음으로 말하고 답하는

이기고 성장하는 자작나무

소통 건강디자이너 나는 보석이다.

주인공 홍윤옥!

내가 주인공으로 내 삶을 경영하고,

내가 원하는 삶을 살기 위해 매 순간

깨어 있는 공부를 하고 있습니다.

오늘은 나한테 제일 멋진 날

새로운 기회가 있는 날

멈추지 않고 꾸준히 하고 있습니다.

어때, 잘했지!

딸이 출세했어! TV에 나왔으니

기대해, 책 나오면 엄마 보러 갈게.

그때까지 아프지 말고

맛있는 거 먹고 좋은 구경 많이 하고 계셔,

엄마 많이 보고 싶다.

30년 중고 사랑

결혼한 지 30년, 중고 사랑 인연도 30년.

처음 신랑을 친척 언니의 소개로 만났습니다.

어느 날 갑자기 전화를 주셨습니다.

언니 가게 오라고.

작은 식당을 하고 계셨거든요.

만나 볼 사람,

일 잘하고 생활력 있고

성실한 사람이라고

언니 호출이니 거절할 수 없어

약속 장소로 갔습니다.

그때 저는 결혼 관심은 없었습니다.

이 팔 청춘 내가 제일 잘나가 할 때니까요.

별 기대 안 하고 갔는데

즐겁고 다른 사람 배려하는 모습이 멋져 보여

6개월 만에 결혼!

결혼할 때는 직장인

그 후에 중고 사랑 가게를 시작해서

지금도 잘하고 있습니다.

새벽 6시부터 전화가 울려요.

시골이라 일찍 시작하시거든요?

사용하시던 물건 매입 전화

냉장고가 고장이 나서 음식 변하고 있으니

빨리 와서 고쳐 달라는 긴급 호출!

맥가이버 가방 챙겨서 만물박사 출동

출동하면 해결 OK!

30년 환경지킴이 자랑하면

제품(전자제품)이 우리 집에 오면,

먼지 제거, 동작, 세척, 세심하게

점검하여 반짝반짝 빛나게

중고지만 신품처럼 만들어서 진열합니다.

첫 번째 고객에게 판매가 되어서

제품이 나갈 때 하는 저만의 의식이 있습니다.

안전하게 가서

새 주인에게 행복, 돈, 웃음 듬뿍 주라고!

그러면 감사할 일이 또 생겨요.

몇 년 지나면 전화 옵니다.

첫 번째 고객님

돈 많이 벌어서 큰 건물로 이사 간다고

사용하시던 냉장고 가지고 가서

다른 분에게 판매하라고 하십니다.

그럼 또 제품 가지고 와서

빛나게 만들어 두 번째 고객에게 판매합니다.

몇 년 지나면 두 번째 고객님이 전화를 해 주십니다.

하시는 사업 잘되어 리모델링한다고

주방용품 가지고 가서 사용하라고.

그렇게 세 번까지 판매한 인연도 있습니다.

오늘도 감사합니다.

인사하고 시작합니다.

주변에서 불경기라고 상황이 힘들다고 하지만,

저는 믿습니다!

다 잘 될 거라고.

우주에서 도와주고 지켜 주고 있으니까요!

저는 사랑받기 위해 태어났습니다.

나는, 나를 사랑합니다.

이 세상 모든 행운이 나에게로 옵니다.

경제적 자유를 위해

오늘도 열심히 달리고 있습니다.

나는 모두가 나를 돕는다.

다양한 경로를 통해

지속적으로 점점 더 많은 돈이 들어온다.

나는 잘 될 운명이다.

나는 보석이다.

나에게 일어나는 모든 일은,

나를 위함입니다.

당신은 지금 무엇에 감사하고 있나요?

나는 부자다.

나는 보석이다.

모든 게 잘 되고 있어서 감사합니다.

감사로 하루를 시작합니다.

일어나자마자 잘 자고 일어난 나의 몸에게 감사합니다.

따뜻하게 보호해 준 이불

심장, 눈, 귀, 입, 다리, 발, 손가락에도

우주의 모든 만물에도 감사합니다.

이렇게 글을 쓸 수 있게 해 준 모든 분께

사랑하는 가족에게 감사합니다.

나에게는 좋은 일들만 기다리고 있어서 감사합니다.

나는 날마다 모든 면에서 점점 더 좋아지고 있습니다.

어제의 나보다 성장해서

오늘 더 자신을 사랑하고 진심으로 사랑받는 사람입니다.

크게 외칩니다.

내 인생의 새로운 시작입니다.

매일 기쁘고 행복하다고 말합니다.

말하는 대로 인생은 이루어지니까요!

나의 한 단어가

세상의 누군가 한 사람이라도

힘을 얻을 수 있는

기회가 된다면!

일단 도전했어요

글쓰기 시작 전 준비

먼저 좋아하는 책 '딱책' 선택(나도 이런 책 쓰고 싶다! 하는 책)

딱책, 손이 가는 대로 펼쳐요.

한 꼭지 눈으로 읽어요.

쓰고 싶은 글을 포스팅합니다.

A4 용지 1장 분량이면 충분해요.

이번에는 눈으로 읽었던 책 그 페이지를

큰소리로 읽습니다.

포스팅한 내 글 소리 내어 읽으면서

불편하면 수정합니다.

블로그에 발행하면 끝!

— 최원교, 『1시간 만에 배우는 딱따라 책쓰기 비법』

베껴 써라.

좋아하는 문장을 따라 쓰다 보면

좋은 문장이 보일 수도 있고

일단 쓰다 보면

지면에 쓰인다고 하니 무조건 적어 보자!

대상 독자 목표는 정하라고 했는데

누가 이 글을 보면 좋을까 하고 생각해 보니

50대 이상, 중년 2막을 새로 시작하는 분입니다.

글쓰기 어려워하는 사람들

한 번도 책을 내 본 적이 없는 사람들

쓰고 싶지만 시작하지 않는 사람들

겁먹지 말고 쓰세요.

저도 그랬어요.

뭐부터 써야 할지

어떤 제목으로 할지

한글 파일 작성 어려워도 망설이지 말고 해 보세요!

나오는 대로, 손이 움직이는 대로

따라 쓰다 보면 결과가 보여요.

바탕이 글이라고 인식되었다면 성공입니다.

쓰다 보니 한 장 썼어요.

멈추지 말고 한 줄부터 도전합니다.

매일 한 줄 쓰기, 매일 그 시간, 같은 장소에서 쓰세요.

그래야 효과가 있답니다.

선배님이 알려 주신 방법입니다.

한 줄 쓰다 보면

두 줄, 세 줄 쓰게 되니까요!

원고 마감에 임박해서 쓰지 말고

미리미리 쓰세요.

의식의 흐름대로

생각나는 대로 물 흐르듯이 써 보세요.

그냥 써 보는 것!

한 장 포스팅하는 것!

완성이 목적!

문장 연결할 때 어색하면 수정

처음부터 완성된 문장을 쓰겠다는 생각을 버리세요.

첫 번째 줄을 쓰면

두 번째 줄을 쓸 수 있습니다.

좋은 글을 어떻게 쓸 것인가보다

무엇을 쓸 것인가?

읽는 사람에게 도움 되는 글인가?

위안을 얻을 수 있는가?

생각하면서 쓰세요.

표현력이 부족해서 재미없는 글이 되면 어쩌지

걱정 말고.

자기 자신이 무엇을 써야 할지 제대로 모를 때

재미없는 글이 됩니다.

긍정의 글

재미있는 글

행복한 글

복이 들어오는 글을 쓰세요.

새롭게 창조한 오늘

행복의 주파수를 맞추고 우주에 전합니다.

만약 내 안에 부정하는 생각이 들면

바로 지워 버립니다.

긍정 모드 전환!

나는 무한한 사랑과 지혜

특별함을 지닌 사람입니다.

활기차고 건강한 마음으로

사랑하고 사랑받고 있습니다.

내가 겪는 모든 경험은 행복하고 즐겁습니다.

오늘 내가 만나는 모든 이는

축복과 행운을 듬뿍 받습니다.

오늘은 정말 좋은 날이고,

뭔지 몰라도 뜻밖의 행운이 가득한 날입니다.

나는 어떤 사람인가?

나의 장점은?

나의 단점은?

나 자신을 알아야 합니다.

매일, 매 순간 나 자신을 믿습니다.

잘하고 있다고 주인공에게 외칩니다.

잘하고 있어서 칭찬해 줍니다.

너로 인해 많은 기적이 몰려오고 있다고 칭찬합니다.

감사히 받아서 행복한 마음으로 나눠 주면 됩니다.

나는 참 괜찮은 사람입니다.

스스로 말해 줍니다.

정말 사랑한다고.

사랑한다고.

글동무를 찾습니다

독자의 만남

첫인상은 3초 만에

모든 것이 결정이 난다고 하네요.

표지와 제목의 매력

그 무엇이 3초를 좌우한다 합니다.

인터넷 서점을 검색하다

당신의 책이 클릭됩니다.

독자에게 선택되었네요.

인연이 되었네요.

저를 만났어요.

수많은 책 중에서 제가 눈에 띄었네요.

무엇에 끌렸나요?

책 표지가 예뻐서, 아니면 제목에 끌려서!

이 책을 집어 든 당신은 축복받았어요.

왜냐면, 제가 그랬으니까요!

우연히 무언가의 끌려 우주의 대운을 만났나 봐요.

대운이 오는 징조!

새로운 기운과 에너지를 받았어요.

열정 넘치고 긍정적으로 멋진 분들

그것도 새벽 4시에 줌에서!

감사합니다.

덕분입니다.

사랑합니다.

글동무 백친님!

덕분에 책을 쓸 수 있게 되었어요.

그리고 독자님 앞에 섰어요.

내 안의 주인공을 만나서 대화하고 사랑하고 느낀 점

깨달은 점을 솔직하게 쓰고

소중한 인연을 만났습니다.

매일 감사와 사랑의 에너지를 주세요.

절로 힘이 납니다.

고마운 마음으로, 긍정적인 마음으로

내 편이 되어 줄 세상의 독자들을 떠올려 보세요.

감사합니다.

사랑합니다.

오늘 하루 부자로 살아 보자

부자들은 돈에 대한 존경심이 많습니다.

돈을 소중히 다룹니다.

깨끗한 지갑에 돈을 넣습니다.

지폐는 항상 똑같은 방향으로 챙겨 넣습니다.

지폐나 동전이 기분 좋게 담겨 있도록

정리 정돈하여 넣습니다.

돈은 자신을 소중히 생각하는 사람을 좋아합니다.

좋은 마음으로 대하는 사람 곁으로 몰려옵니다.

돈이 나에게 몰려온다고 외치고 출발합니다.

주변에 이 마음을 보내 주세요.

저절로 흥이 납니다.

한번 해 보세요. 기분도 업 됩니다.

행복한 마음이 충만합니다.

감사합니다.

고맙습니다.

덕분입니다.

나는 행복한 창조자

나를 사랑합니다.

이은자

글 순서

우리 딸 눈에 안 보이는 복이 있어라

이은자 하고 부르는 소리

헌신이란

엄마가 딸에게 바라는 마음

1
태어나서

2
엄마 같은 우리 언니

3
결혼 23년 아이들 키워 주고
집안 살림 다 해 주신 시어머니

4
언니를 통해 교회를 다니면서 생긴 엄마들,
엄마학교 소장님과 리더님들

5
우리 엄마

우리 딸 눈에 안 보이는 복이 있어라

엄마의 지나가는 말이 아이의 인생이 된다.

— (CMCC 심해련 소장님)

엄마는 3남 2녀 중 네 번째

아버지 일찍 돌아가시고

외할머니 밑에서 크면서

어릴 때 할머니가 짝짝이 양말 사 오시는 바람에

아이들한테는 색색깔

옷을 깔 맞춤해서 입히셨어요.

빨간 원피스에 하얀 스타킹과 하얀 구두

검정 원피스에 하얀스 타킹

하늘하늘 분홍색 레이스 원피스

시골에서 엄마 아버지 결혼하고 부산에 오실 때

4개월 된 언니랑 노란 냄비와

숟가락 젓가락만 들고 오셨다면서

두 분 열심히 생활하셔서

1978년 2월 8일, 이층 우리 집이 생겼어요.

딸만 네 명이라 아들을 낳으면

아버지가 달라질까 해서

막내아들 태어난 날,

여동생이 부엌에 큰 글자로 적었어요.

엄마가 자주 하시는 말씀은

@사람이 눈에 안 보이는 복이 있어야 한다.

엄마는 기분이 좋으면

'이은자'하고 서울 말투로 제 이름을 부르곤 하셨습니다.

어릴 때 저는 어버이날 편지 쓰면
'부모님의 자랑스러운 딸이 되겠습니다'
하고 마무리했지요.

"우리 딸, 눈에 안 보이는 복이 있어라!"

엄마의 헌신은
이 씨 집안 대소사 황 씨 집안 대소사
사위 딸 손녀 손자 조카들까지
'사람이 인사를 잘해야 한다'고
자신이 할 수 있는 것보다
두 배로 주변을 살펴주셨습니다.

저에게 말하시길
"삶이 힘들 때
엄마는 참고 살았더니
오늘처럼 편안하고 행복하다" 하셨어요.

'세상에 공짜 없다'

'뿌린 대로 거둔다'

아버지 사촌 중에 스님이 계셨는데

엄마는 무슨 날만 되면 기도하시고 절에 다니시며

섬김, 헌신으로

새벽에 일어나 집안일 하고

밭에 일하는 분들 간식거리 점심 만들어 가곤 했지요.

'남동생은 모래 위에 엄마의 기도로 만든 성이다'

할 정도로 기도 많이 하고 낳은 아들!

그래서인지

남동생은 어릴 때부터

그 속에 할아버지가 한 분 있었어요.

사려 깊어 "황 여사 황 여사"

저녁 8시만 되면 동영상 통화하는 효자 아들입니다.

겨울에는 밤 12시까지 마루에 장판을 펼치고

시금치 작업하는데 잠 온다고 들어가면

뒷정리는 당연히 부모님이 하시고…….

엄마 79세 아버지 86세

그렇게 부지런히 하셔서

이제는 모임 있을 때

손자 손녀들에게 5만 원짜리 척척…….

눈에 안 보이는 복이 있어라 하시며

복 그릇을 만든다고 평생을 헌신하고 챙겨 주는 엄마

고맙습니다, 사랑합니다.

이제 엄마 제가 부모님 챙겨 드릴게요.

눈에 안 보이는 복이 있어라.

여름에는 오이 농사

겨울에 시금치 작업이 끝나면

아버지는 할머니 외할머니

두 분을 봄에는 꽃구경 겨울에는 눈 구경으로

새 옷 해서 입히시고 두 분을 관광을 보내셨는데

할머니 두 분의 활짝 웃는 모습이

어린 저도 너무 좋았어요!

결혼을 하고 어른들 여행 보내 드리니

참 대단하다 존경스럽다 했습니다.

엄마가 정치를 잘하셔서

제가 엄마 심부름으로

동생네 김치랑 밑반찬 보낼 때

우리가 팔고 있는 낙지와 문어를 함께 보내면

다 누나 덕분에 택배를 보낼 수 있다고

당신 칭찬은 쏙 빼고

내 덕분이라고 칭찬을 만빵 해 주십니다.

엄마는 늘 통화 중에도 칭찬이 넘쳐나세요.

엄마……

엄마가 칭찬 요정님이시네요!

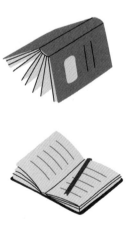

이은자 하고 부르는 소리

우리 엄마는 황순자 여사님입니다.

외삼촌이랑 이모는 목소리가 참 좋아요.

맑고 굵고 청아한 목소리입니다.

초등학교 때

엄마가 "이은자~~" 하고 부를 때는

누군가에게 저의 칭찬을 듣고

엄마도 기분이 좋으셨나 봅니다.

저도 방에서 어깨가 쑥 올라가거든요.
결혼을 하고 제가 아이들을 키울 때
처음엔 엄마가 천사인가 했어요.
엄마는 한 번도 크게 혼내지 않으셨거든요.

나중에 알게 된 것은
엄마가 밖에서 농사짓고
채소 장사 하시고 집안 살림 한다고
너무 지친신 거예요.

작은 키에 다섯 아이 안 굶기고
월사금 맞추고
추석 설날 예쁜 옷 입히고
겨울에 따뜻하게 해 주시고
다섯 명 다 대학 보내고
엄마한테는 큰 계획이 있었어요.

아버지가 사기를 당하고 힘들어 할 때
저랑 남동생만 두고 다 데리고 나가라고 할 때도

96번 버스 타고 부산 시내를 한 바퀴 도는 동안에

마음 다스리기 하시고

또 새날처럼

하루하루 성실하게 보내셨습니다.

이은자가

"연수 엄마야~"

"윤지 엄마야~"

나이가 드니 이름이 없어졌네요.

다시 엄마의 서울 말씨로

'이은자' 하고 불러 달라고 해야겠어요.

둘째 낳고

우울증으로 약 먹고 자고 약 먹고 자고 할 때

엄마가 따뜻한 순대를 사 오셨어요.

엄마……

엄마 사랑합니다.

나 같으면 꼴도 보기 싫을 텐데

역시 우리 엄마는 '인간 사랑하기 대가'입니다.
엄마의 큰 사랑으로
또 힘을 얻고 잘살아갑니다.

76세 눈썹 문신 예약하고 가자고 하니
오늘 시장에서 장사해야 한다고 안 된다고
내년에는 꼭 쌍꺼풀 수술은 해 드려야겠습니다.

작은 딸 윤지가
"엄마 할머니가 5만 원 주셨어……"
"할머니는 돈이 어디서 생기는 거야……"
"할머니 상추랑 시금치 채소 장사하시지"

코로나로 이제 채소 장사는 안 하시고
지난 10월에는
어르신들 구청에서
유치원 청소하는 곳에 신청하셔서
25만 원 월급받으셨다고 한턱 쏘시는
통 큰 엄마 사랑합니다, 존경합니다.

엄마, 또 '이은자 칭찬받는 날' 기대하세요.

"제가 복이 많아 좋은 분들 만났거든요."

부자들의 글 쓰는 새벽 시간

대단한 분들이라

강력 접착 본드로 꼭 붙였습니다.

헌신이란

1970년 2월 나를 낳고

작은 방에 네 식구도 살기도 빡빡한데

시골에서 큰아버지 돈 번다고 부산에 오시면

늦은 밤까지 형제분들 챙겨 주고

조금 넓은 집으로 이사하니

주인집 딸이 나를 못살게 하고

꼬집고 한다고 하자

집을 사 버리시는 부모님

아버지 친구분들이랑
술자리에서 내기로 누가 제일 먼저
2층 벽돌집 주인 되나 하셔서
방 8개 집을 지으신 아버지

학교에 월사금 밀려서
울고 오면 직접 가셔서
나머지 1년치 월사금 갖다 주시는 어머니

부모님 사랑
손발이 다 닳도록 고생하시네
하늘 아래 그 무엇이 높다 하여도
어머니에 사랑은 끝이 없어라
아아 고마워라 어머니 사랑
아아 보답하리 어머니 은혜

엄마는 처녀 적에
사촌 오빠가 팔색조라고 부를 정도로
색색깔 옷을 정갈하게 입으셨다고 합니다.

지금도 옷 색깔은
엄마 옷장이 제일 화려합니다.

엄마는 세탁기가 있어도
하얀 옷을 좋아하셔서
속옷이랑 수건 면옷을 삶아서
옥상에 널어놓으면
그 하얀색들이
바람에 흔들리고
햇볕에 반사되고 할 때를
좋아하셨어요.

아버지 와이셔츠는
꼭 양복점에서 딱 맞는 옷을 입히시고
양복도
농사지으실 때 흙이랑 땀에 젖은 옷도
저녁에 꼭 빨래하시고
신기하게 아침이면 완벽하게 새 옷을 만드셨어요.

아버지는 뭘 많이 안 드셔서
때때마다 이것을 잘 드실까 저것을 잘 드실까
오늘도 연구 중입니다.

오십부터는
딸 생일 사위 생일에
맛있는 거 먹으러 가라고
현금도 주시는 엄마

어버지께서 공부에 한이 있어서
만화책을 보더라도
아버지 오실 때는
책상에 앉아 있어라

저한테는 인문계 안 가면
고등학교 안 보내 주신다고 하고
언니한테는 4년제 대학 안 다니면
학교 안 보낸다 하셔서
제가 대학 떨어지고

제 통장에 돈을 다 찾아서

재수학원 첫 달 등록했을 때

엄마가 두 번째부터 다 내주셨지요.

4년제 대학 가서 학교 선생님 될 거라고 했거든요.

쉽지 않았을 텐데 늦게라도 엄마 감사합니다.

힘이 빠져서 누워 있다가도

'나 엄마 딸인데' 하고 벌떡 일어나 일을 합니다.

몸이 지치고 힘들지만,

자녀들을 위한 사랑으로

지금까지 우리 가기 전에

새 김치 만들고 반찬 만들고

이번에 86세 아버지 생신도

넷째 병원에 근무하는 동생네 준다고

미역국이랑 김치찌개도 한 솥 하고

사위 좋아하는 찹쌀밥도

큰 솥을 꺼내서 한 솥 하고

생일 밥보다 갈 때 챙겨 준다고

더 많이많이 한다고
며칠 전부터 준비하시는 엄마!

엄마는 다 계획이 있으시구나!
엄마 인생 책임 경영 짱!
인간 사랑하기 15가지

엄마가 딸에게 바라는 마음

1

태어나서

엄마…… 황순자 여사
엄마처럼 살지 말라고
엄마는 못 배운 게 한이라
딸들은 초등학교 때부터
과외를 시키고 주산 학원을 보내게 하고
학교에서 선생님이
엄마들 하라고 하는 것은
다 해 주시려고 노력하셨지요.

초등 4학년 반장 엄마께 과외하면서

아이들이 모여서 그곳에서 공부를 하고

친구집에 가서 생일선물하고

맛있는 것도 먹고

자신감은 하늘을 찌를 때

전교 1등을 했지요

2

엄마 같은 우리 언니

넌 할 수 있다!
나보다 더 잘할 수 있다!
응원하는 언니

언니는
내가 초등 4학년 때 1등 한 것이
너무 자랑스러운지
만나는 분들에게 이야기하지요.

대학 때 영자신문 영자학보사에 다닌 것도
언니 앞에 있으면
어찌나 저의 소개를 자랑스럽게 하는지
대단한 분입니다.

중학교 때부터 집안이 힘들어지면서
엄마는 집에 늦게 오니까
언니가 엄마처럼 다 챙겨 주었어요.
언니는 그때 동생 4명 챙기느라
나중에 유아교육학과 가라고 할 때
아이들 하고 있는 건 못하겠다고
딱 잘라 말했습니다.

방학 때면 언니가 도시락도
색색깔 예쁘게 챙겨 주고
머리도 예쁘게 묶어서
학교 대표로
방학 동안 글짓기 공부하러 갈 때도
참 좋았습니다.

제가 결혼을 하고 매일 전화해서
남편이랑 힘든 이야기만 하고
언니가 계속 들어 줘도
변한 것 없이 반복하니

어느 날
사람마다 아픈 건 다 있는 거다
모두 말은 안 하지만
색색깔이 모두 다르게 아프단다
말해 주기도 했습니다.

띵! 저는 또 다른 분(정하숙 순장님)에게
하소연 넋두리하고……
궁금하던 언니는 어느 날 전화를 해서서
정하숙 언니는 내보다 더 힘들다 해서
또 다른 분에게…….

저의 의존하는 마음은 사람을 바꿔 가며
하소연 넋두리를 하고 있었습니다.
언니가 바라는 것은 단 하나!
같이 허벌라이프 안에서 성공해서
미팅장 원탁에 앉아 알로에 마시는 것!

3

결혼 23년 아이들 키워 주고
집안 살림 다 해 주신 시어머니

(곰 같은 며느리보다 여우 같은 며느리해라)
어머니 감사합니다.

제가 바라는 애교 학교
이제야 찾았어요.
다가가기엔 너무 무섭고 힘들었던 어머니.
어머니 이제야 애교쟁이 사랑받는 아내가 되어서
25주년 결혼기념일에 금목걸이 받았어요.
어머니 살아 계셨으면
어머니 건 안 하고 섭섭하다 하셨겠다.

원리를 알면 삶은 놀이터
원리를 모르면 삶은 전쟁터

리더십 성공대학.

감성치유세미나, 관계치유세미나

50 넘어서 이제야 사는 방식을 알게 되다니!

제가 복이 많아서 이제라도 배우니 참 감사합니다.

4

언니를 통해 교회를 다니면서 생긴 엄마들,
엄마학교 소장님과 리더님들

엄마학교 소장님
어~머······ 입꼬리를 올리고 있는 것이 힘들면
수업 시간 2시간 동안 볼펜 물고 있기
어~머 어머 어머 어머 어머 어머
(숨이 멎을 때까지 어머 하기)

말은 타인을 위해, 생각은 나를 위해
자녀한테는 잘할 땐 칭찬,
못할 땐 격려 언제나 축복!
내 눈알을 바꿔라.

사람을 만나면 3초 안에 칭찬하기
매주 재미와 유익을 줘서

딸들이랑 5분도 대화를 못했는데
이제 그만하고 자자 하는
사이좋은 모녀가 되었습니다.
감사합니다.

리더님들은 행복 요정, 심방 요정
어머 요정, 실행 요정이라고 불러 주고
칭찬해 주시고.
새벽 6시마다 전화 주시고
새벽 기도 함께해 주시고
때마다 안부 전화 미리 주시고
응원 격려 칭찬 감사합니다.

사뿐사뿐 걸으세요.
신발 질질 끌면서 걷는 것도 의존입니다.
하나하나 상세하게 자상하게 가르쳐 준 것에 감사합니다.

과정 동행 하면서 예수님은 누구신가!
25번 노래 부르기로,

솔 톤으로 말하기

언제나 전화하면 2달 동안

"어~머"로 시작하기

목소리 톤도 밝아지고

잘 웃는 사람으로 변하게 되어서

무엇보다 애교쟁이 아내로 변해서 사랑받는 여자

현숙한 여인 1단계가 되었습니다

받은 사랑 또 나누는 제가 되겠습니다.

5

우리 엄마

동생이 새마을금고에서
10년 근속으로 받은 금 한 냥 열쇠를
20년 넘게 가지고 계시다가
반지로 바꾸는 날

엄마와 함께 모여서
큰조카 홍정이 줌 콜
HOME 세미나 하는데
누구보다 집중해서 보시고
모범이 되는 우리 황순자 여사님

있으면 나누고 또 챙겨 주려는 사람
받고자 하는 만큼
먼저 대접하라고 행동으로 보여 준 엄마

열심히 해서 또 엄마 좋아하는
알로에 쉐이크 많이 사다 드릴게요.

감사합니다.
사랑합니다.
건강하세요.

아버지보다 엄마한테 더 잘하는
작은딸이 되겠습니다.

모관모성
엄마의 등을 보고
엄마가 모델이 되어서
딸은 엄마 인생 따라가니
저도 열심히 엄마 잘하는 거 따라 해서

존경받는 엄마
사랑받는 아내
남편 잘 섬기는 아내 되겠습니다.

어머니 당신이 희망입니다.

"나는 날마다 모든 면에서 점점 더 나아지고 있다."

— 에밀 쿠에

부자들의 글 쓰는 새벽 시간
어머니에 대해 생각할 시간
어머니를 자세히 볼 시간 가지게 해 주신 것에
깊이 감사드립니다.

세 번째 이야기 **김효정**

글 순서

엄마에게서 보는 내 모습

늘 긍정적인 리더, 힘을 주는 리더

삶의 무게에도 당당하게

가족과 사회에 대한 선한 영향력

행복합니다, 당신이 내 엄마여서

엄마에게서 보는 내 모습

엄마가 항상 젊고 예쁘고 다정한 모습으로 저희 곁에 계실 줄로만 알았습니다. 우리 엄마는 늘 건강하실 거라고 믿었습니다. 3년 전 엄마는 경도 인지장애 판정을 받으셨고 지금은 치매 초기에 들어섰습니다.

어느 날 아버지가 전화를 주셨습니다.

"네 엄마가 이상하다. 금방 한 걸 잊어버리고, 물어보고 또 물어본다. 음식을 만들어 주는데 맛이 너무 짜고 이상하다."

치매인 것 같으니 검사라도 해 봤으면 싶다는 말도 덧붙였습니다.

저는 가슴이 철렁 내려앉았습니다. 우리 가족에게는, 특히 우리 부모님에게는 치매라는 것이 찾아올 거라 생각조차 못했고, 있어서도 안 되는 일이었습니다. 고려대병원에 검사를 위해 엄마를 모시고 갔는데 가는 내내 엄마는 계속 물으십니다. "오늘이 일요일이냐?", "태성이가 학교에 들어갔냐?", "김 서방은 회사 갔냐?" 저는 그때마다 답변을 또박또박 잘해 드렸습니다. "엄마! 오늘 화요일이고 나 여름휴가 중이야", "태성이는 지금 대학생이야", "김 서방은 일은 그만두고 지금 대학원 다니고 있어." 가는 중에 또 같은 질문을 계속하십니다. 저는 인내하면서 웃으며 답변합니다.

그러나 이미 제 눈시울은 뜨거워지고 가슴은 먹먹해졌습니다. 소리를 지르고 싶었습니다. 꿈이었으면 좋겠다고 생각했습니다. 기억력 좋기로는 누구도 따르지 못할 것 같았던 울 엄마가 치매라니. 가슴이 아파서 그리고 후회스러워서 미칠 것만 같았습니다.

울 엄마는 4남 4녀 중 막내로 태어나셨습니다. 1942년 말띠로 올해 81세이십니다. 초등학교 들어갈 시점에 6.25가 터졌고, 엄마는 가족과 피난을 가야 했습니다. 유독 어릴 때 키가 컸던 엄마는 피난지 학교에서 키가 크다는 이유로 1학년도 아닌 2학년 반으로 들어갔다고 합니다. 그렇게 엄마의 학교생활은 시작되었지만 초등학교가 학력의 전부입니다. 그런데 우리 5남매는 엄마에게 4살 때부터 한글과 영어 ABCD…… 모두를 배웠습니다. 5남매는 호롱불 밑에서 배운 선행 학습으로 모두 좋은 성적을 낼 수 있었습니다.

엄마가 결혼해서 시집와 보니 아버지 형제가 5명으로 아버지까지 6형제라고 했습니다. 할머니는 40세에 홀로 되셔서 6형제를 키우고 계셨고, 아버지가 장남이었습니다. 신혼을 누려야 할 시기에 아버지는 군대 가 계셨다고 합니다. 홀로 되신 시어머니와 시동생 5명과 지냈을 거라 생각하니, 어린 나이에 남편도 없이 얼마나 힘드셨을지는 가히 짐작할 수 있었습니다.

울 엄마는 예쁘기도 하시지만 마음도 참 곱습니다. 그 어려운 환경에서도 제 기억 속에 울 엄마는 항상 웃으시고, 남 먼저 챙기시고 따뜻하게 안아주셨습니다. 강단 있는 할머니 밑에서 시집살이하면서도 힘들다고 푸념하시던 걸 본 적이 별로 없습니다. 특히나 아버지는 홀로 되신 할머니에게 극진한 효자였습니다. 늘 엄마는 아버지를 사랑하셨습니다. 아버지 말씀도 잘 따르면서 시댁 가족들과도 잘 지내셨으니까요.

그래서 저희 집은 동네분들이 효자 효부집이라고 했었고, 영광군 군수에게 상도 여러 번 받았습니다. 그래도 내심 많이 힘드셨던지 당신 딸 셋의 사위는 장남이 아니었으면 하셨습니다.

표현을 제대로 안 하셨지, 얼마나 힘드셨는지를 저는 보면서 자랐거든요. 매일 새벽 4시에 일어나셔서 대가족 아침 준비를 하고, 산더미 같은 빨래를 머리에 이고 빨래터 가셨다가 돌아오시면 들에 일하시는 분들 찬거리 만들어서 나가시고, 논밭 일도 직접 하시고, 무엇보다 우리 5남매와 삼촌들까지 다 챙겨야 했으니까요.

엄마의 바람대로 큰딸과 셋째 딸은 막내아들과 결혼했지만, 저는 5남매의 장남인 남편과 결혼했습니다. 결혼식 날 철부지였던 동갑내기 남편과 저는 마냥 좋아서 싱글벙글대고 있었는데 결혼식 중 잠깐 보게 된 부모님 눈에는 눈물이 가득 고여 있었습니다. 그러나 엄마 기우와는 달리 저는 시어머니가 친정어머니처럼 집안일이며 육아를 도맡아 해 주셔서 대

기업 임원까지 할 수 있었고, 지금까지도 도움 받으면서 정말 잘 지내고 있습니다. 그에 반해 막내며느리로 갔던 큰딸과 셋째 딸은 아프신 시부모님 모시면서 오히려 저보다 고생을 많이 했습니다.

울 엄마는 누구든 당신 편으로 만드는 놀라운 능력을 가지고 있었습니다. 문제가 있는 곳에 가면 해결 능력도 좋으셨고, 어디에 있든 사람들과 어울리기 좋아하시고, 흥이 있는 곳에선 곧잘 노래도 부르시고 춤추는 것도 좋아하셨습니다. 그런 편안함과 낙천성을 사람들이 좋아한 것 같습니다. 무엇보다 가장 큰 장점은 사람들의 여러 의견을 잘 조율하셨습니다. 사고의 유연성이 아주 좋으셨습니다.

호기심이 많으셔서 음식을 만들 때마다 새로운 맛을 계속 시도하셨고(감식초를 처음으로 만들어서 새콤달콤하게 무생채와 오이를 무쳐주셨던 기억이 있습니다), 주변에 있는 다양한 재료를 이용해서 예쁜 바구니도 만들고, 베를 짜거나 수를 놓을 때도 늘 새로운 시도를 하셨습니다.

엄마를 보면 늘 쉬지 않고 무언가를 하고 계십니다. 농

번기 때는 뜨개질로 우리 가족 장갑, 조끼, 망토 등 그 당시에 부족했던 물품들을 손수 만드셔서 채워 주셨습니다. 제가 워낙 약하게 태어나서 대학교 때 몸무게가 겨우 40킬로에 허리가 21인치이여서 기성복을 바로 입을 수가 없었습니다. 엄마는 늘 제 옷을 만들거나 줄여서 입혀 주셨습니다. 팔꿈치가 떨어진 곳은 다른 옷을 잘라서 예쁘게 아플리케해 주셔서 입었던 기억이 납니다. 또 동네에서 음식 솜씨가 좋다는 칭찬도 많이 받으셨습니다.

종가집이라 제사가 많았던 저희 집은 집에서 많은 제사 음식을 해야 했기 때문에 유과, 강정, 엿, 약과, 약식 등등 늘 새로운 맛에 대한 시도가 있었습니다. 물론 할머니의 영향도 큽니다.

배움에 대한 의지가 강하신 부모님 덕분에 우리 5남매는 다 함께 아버지가 만들어 주신 5인용 대형 책상과 일체형 의자가 있는 공부방이 있었고, 엄마는 항상 일기 쓰는 것을 점검하셨습니다. 부모님은 울 5남매가 공부 잘하는 것을 대견해하셨고, 그것을 큰 기쁨이자 삶의 보람으로 아셨습니다. 특히 언니가 공부도 잘했고 착했습니다. 언니는 우리 집 장손인 동생을 돌보느라 학교도 1년 늦게 갔습니다. 독학해서 대학원까지 졸업하고 지금은 유치원 원장을 하고 있는 언니가 정말 자랑스럽습니다.

아버지도 6형제 맏이에 홀어머니 모시느라 공부를 하고 싶으셨는데 제대로 못 배우셨습니다. 고등학교에 가고 싶어 가출까지 하셨지만 결국 가족에 대한 책임감으로 모든 걸 놓으셨습니다. 그럼에도 독학을 하셔서 한학, 명리학 등 학문에 대한 물리가 트이셨고, 동네 대소사 관련 필요한 것들을 알뜰히 보살피셨습니다. 울 아버지는 우리 마을의 새로운 정보를 제공하고 어려운 문제를 잘 다루시는 맥가이버 같은 분이셨습니다.

엄마는 늘 공부에 목말라 하시다가 78세에 중학교 과정을 들어가셨습니다. 3~4킬로미터 거리에 있는 학교를 하루도 빠짐없이 가셨고, 졸업할 때 최우수상을 받으셨습니다. 스스로 대단하다고 생각하셨는지 그때 이야기를 자주 하십니다. 일기도 거의 매일매일 쓰시고, 자식에 대한 자부심 또한 강하십니다. 치매 판정을 받기 전 엄마는 2020년 새해 선물로

울 5남매에게 편지를 손수 다 쓰셨습니다.

엄마 자식으로 와 줘서, 형제들 간 우애해서 그리고 부모에게 너무 잘해 줘서 고맙다는 내용이었습니다. 글씨체가 예쁘고 내용의 짜임새가 좋으셔서 배움의 기회가 있었다면 정말 대단한 사람이 되었을 것 같다는 생각을 했습니다.

엄마에게서 저를 봅니다. 늘 호기심 많고 쉬지 않고 끊임없이 무언가를 하고 싶어 하는 것이 엄마랑 똑같습니다. 어렸을 때 집에 있는 자명종 시계 소리가 신기해서 보기만 하면 해부해 버렸습니다. 처음에는 그러려니 하고 아버지가 다시 사다 놓으셨는데 저는 보는 족족 자명종 시계를 해부해서 아버지를 힘들게 했습니다.

7살 때 동네에 전기불이 들어왔습니다. 어찌나 신기했는지 온 동네를 뛰어다녔던 생각이 납니다. 그런데 집 처마 밑에 설치해 놓은 전기 계량기는 제 호기심을 자극하기에 충분했습니다. 저는 혼자 돌아가는 계량기가 신기하고 궁금하여 납으로 봉인되어 있는 부분을 자르고 이것을 손으로 만졌다가 아버지에게 엄청 혼나고 심지어는 경찰까지 집에 오셨습니다. 우리 집 대문 쪽에 설치되어 있는 전봇대에 있는 힘껏,

젖 먹는 힘으로 올라가기까지는 했으나 못 내려와서 온 동네 분들의 도움을 받아야 했습니다.

앞에 해야 할 일이 산더미 같거나 힘든 일에 부딪혔을 때에도 부정적인 생각보다 '다 잘될 거야'라는 긍정적인 마음으로 앞으로 나아가는 것 또한 엄마랑 똑같습니다. 사람들과 함께할 때 힘이 더 나는 것도 엄마를 닮았습니다. 이렇게 늘 제 눈에 건강하고 예쁘기만 울 엄마가 얼마 지나지 않아 저도 기억 못하게 되지 않을까 덜컥 겁이 납니다.

늘 긍정적인 리더, 힘을 주는 리더

울 엄마는 학력은 초등학교가 전부였지만 제가 태어난 고향에서 새마을 부녀회장을 하셨습니다. 항상 영광군에서 행사나 새마을 가꾸기 농사 수확량 늘리기, 새로운 수익원 농작물 재배 등 많은 시도를 하셔서 마을별 행사나 시상식 같은 데 가시면 우수 마을표창에 최우수 부녀회장상을 받아 오시곤 했습니다. 우리 동네가 벤치마킹이 되기도 했습니다.

중학교 2학년 때 내 고장 자랑거리에서 엄마의 사례를 발표했던 기억이 납니다. '운명아! 내가 간다. 길을 비켜라'라는 주제로 엄마가 마을에서 어떤 혁신 활동들을 했는지 적어서 발표했고 이에 장려상을 받은 저는 엄마에게 자랑스럽게 드렸습니다.

엄마는 다정다감하시지만 때로는 엄격하셔서 제가 동생들과 싸우거나 잘못된 일을 했을 때 그냥 지나치지 않으셨습니다. 매로 엄하게 다스렸기 때문에 무서운 분이기도 했습니다. 그것이 제 삶의 기준이 되었습니다.

엄마에 대한 제 기억 중 가장 인상 깊은 건 엄마가 우리나라 역사와 세계 역사에 대한 이해가 매우 높았다는 것입니다. 역사 상식에 대해서는 감탄을 할 만큼 또렷한 기억을 가지고 있었고, 엄마는 역사 이야기를 통해 지도자가 해야 할 역할에 대해서 잘 견주어 이야기해 주셨습니다. 우리 자녀들에게 사람 됨됨이에 대해서도 이야기하시곤 했습니다. 엄마가 해주는 구수한 역사 이야기를 통해 권선징악과 삶에 대한 지혜를 배우면서 울 5남매는 지금도 정말 바르게 살고 있습니다.

저희 집은 사람들이 쉬어 가는 정류장 같은 곳이었습니다. 많은 사람이 일이 있거나 의논할 일이 있으면 들르고, 먹을 게 있어도 가져오시고, 스님들께서 공양하러 오시면 들러서 마루에 걸터앉아서 이야기하시다 가시고, 학교 선생님들께서도 가정 방문하시고, 마무리는 모두 우리 집에 모여 이야기하시다가 가시곤 했습니다.

늘 사람들이 끊이지 않았던 우리 집, 그 집이 그리고 그 때가 그립습니다.

삶의 무게에도 당당하게

아버지 6형제와 우리 형제 5남매는 한 집에서 아웅다웅하면서 어린 시절을 같이 보냈습니다. 제 기억에 저희 집 식구는 항상 10명이 넘었습니다.

엄마가 항상 식사 준비 하시는 걸 보면 큰 가마솥에 그득한 밥과 작은 솥에 국을 가득가득 끓이셨습니다.

엄마의 기상은 항상 새벽 4시였습니다. 잠결에 듣고 있으면 쌀 씻는 소리, 장작이 타는 소리 등이 들립니다. 그 많은 식구의 밥을 준비하면서도 간간히 도란도란 이야기하는 소리와 웃음소리가 들립니다. 할머니와 아침을 같이 준비하면서 서로 이야기하시는 소리입니다. 두 분은 참 다정한 고부지간이셨습니다.

할머니는 딸이 한 명(우리에게는 고모) 있었는데 참 예쁘셨다고 합니다. 그런데 감자 드시다가 체하셔서 병원도 못 가보고 하늘나라에 갔다고 들었습니다. 그래서인지 할머니는 손녀인 우리를 참 예뻐하셨습니다. 덕분에 우리 세 자매는 그 시절에도 남녀 차별을 덜 겪었습니다.

그렇게 좋았던 할머니인데도 하나의 결점이 있으셨습니다. 평소에 술을 좀 과하게 드셨는데 술만 드시면 밤새 안 주무시고, 당신의 힘들었던 이야기를 하셨습니다. 낮 동안 힘들게 일하고 왔는데 시어머니께서 밤새 하소연하시니 그걸 듣고 있는 울 엄마는 얼마나 힘드셨을까 싶습니다. 저도 짜증나고 힘들었던 기억이 생생하게 납니다.

작은아버지들 대부분이 집에서 혼례를 치르셨습니다. 혼례며 제사며 집안의 대소사가 끝도 안 보일 만큼 많은데 불만스러운 표정 하나 없이 그 일들을 어떻게 다 하셨을까 싶습니다.

집에서 혼례를 하기 위해서는 음식을 아주 오랫동안 준비해야 합니다. 강정을 만들기 위해서는 2개월 전부터 쌀을 쪄서 말리고, 말린 다음에는 튀기고, 튀긴 다음에는 엿으로 뭉

쳐서 모양을 만들기 위해 준비해 놓습니다. 엿을 만들기 위해서는 밥을 물이 적게 지어 놓고, 여기에 누룩을 넣고 발효시킨 다음 체에 거른 물을 하루 종일 졸입니다. 물이 거의 없어지고 조금 남으면 거의 물엿이 되고 여기서 더 졸이면 엿이 됩니다. 이렇게 정성이 듬뿍 담긴 물엿에 쌀을 쪄서 튀겨 놓은 튀밥을 넣어서 강정을 만들어 냅니다. 약과는 찹쌀을 빻아서 반죽을 하고, 여기에 생강 액을 일부 넣고, 모양을 만들어서 튀긴 다음 엿을 발라서 대추 썬 것을 고명으로 얹어 냅니다. 유과는 찹쌀로 반죽한 것을 밀대로 손바닥만 하게 밀어서 일주일 정도 말린 다음 기름에 튀기고 엿을 바른 후 튀밥 가루를 뿌려서 마무리를 합니다.

이렇게 손이 많이 가는 일들을 일상도 바쁜 분이 밤새워 가며 준비합니다. 어떻게 이렇게 힘든 일을 하시는데 거침이 없으실까 싶어서 여쭤 보면 해야 할 일이라 한다고 말씀하셨습니다. 저는 어머니 당신이 희망입니다 2집에서 최원교 대표님의 '어머니의 삶은 책임'이라는 말씀을 뼈저리게 울 엄마한테서 보고 배웠습니다.

우리 집은 광산 김 씨 37대손이고 할머니가 종부이셨고, 종조부가 한 분 계셨습니다. 종조부께서는 7남매를 두셨는데 종조부와 종조모가 장애가 있으셔서 7남매에 대한 생활고에 대한 부담도 고스란히 할머니와 엄마 아빠가 책임지셔야 했습니다.

삼촌들이 결혼하면 호칭이 작은아버지로 바뀝니다. 작은아버지들은 모두 결혼과 동시에 우리 집에서 1~2년 정도는 함께 사셨습니다. 제 어린 기억에는 삼촌들이 함께 살아서 좋았고, 결혼하시면 작은 엄마가 생겨서 좋았습니다. 그런데 이런 것들이 엄마에게는 고스란히 짐이었고, 고생이었습니다.

결혼하고 나서 마음을 써야 하는 일이 얼마나 많은지 알면서 그제야 엄마가 참을 인 자를 얼마나 가슴 깊이 많이 새기셨을까 싶습니다. 그것이 원인이 되어 치매가 온 것 같아서 너무 맘이 아픕니다.

엄마는 20세에 시집오셔서 할머니와 40년을 사셨습니다. 할머니는 84세까지 사셨는데 영광군에서도 그리고 마을에도 여걸이셨습니다. 어떤 문제든 할머니가 나서면 안 되는 일이 없었습니다. 그런데 할머니에게 있는 단 하나의 흠이라면 앞서도 말했듯이 술을 좋아한다는 거였습니다.

할머니 친정에 계실 때 할머니 아버지께서 약주를 좋아하셨고 딸들에게도 약주를 주셨답니다. 그래서 할머니 자매 4명(이모할머니) 모두 술을 잘하셨습니다. 더군다나 할머니가 시집오기 전 소송 건이 생기면서 만석꾼이던 할머니 친정집의 가세가 기울고, 할머니도 교련비(몸종) 한 명과 몰락한 광산 김 씨 36대 장손에게로 시집오셨답니다. 아버지가 37대 손입니다.

시집와서 보니 할머니 시어머니(저에게는 증조모)는 정말 착하고 고운 분이셨는데 시아버지가 아편하시는 여자분과 바람이 나서 상사병으로 몸져누워 계셨고, 그 많던 가산을 탕진하고 선산만 남긴 채 겨우겨우 먹고사는 수준이었다고 합니다. 거기다 할아버지는 착하기만 하셨지, 생활 능력도 없으시고 결핵이셔서 오래 사시지도 못하고 40 즈음에 돌아가셨답니다. 6형제와 할머니만 남기고.

할머니와 아버지는 살기 위해 배고픔을 이기기 위해 어떤 때는 나물죽으로, 어떤 때는 술을 거르고 남은 찌꺼기를 드셨다고 합니다. 그러면서 배고프면 막걸리 한 잔씩 드시던 게 중독까지 이어졌고, 넷째 작은아버지가 뺑소니에 치어 돌아가시면서 더더욱 알코올중독이 심해지셨습니다. 그리고 술을 드시는 밤이면 주무시지도 않고 우시는 거였습니다.

아버지와 엄마는 그 상황을 고스란히 20년 넘게 견디면서 할머니 가시는 날까지 요양원에 보내지 않고 모셨습니다. 돌아가시기 1~2년 전부터 간 경화가 오셔서 혼수상태이실 때는 대소변까지 다 받아 내셨습니다.

아버지는 엄마가 시집오셨을 때 군에 계시다가 오셨고, 얼마 안 있어서 할아버지께 옮은 결핵으로 또 한참을 따로 사셨답니다. 결핵이 낫고 나서도 아버지는 쉬지 않고 병치레를 하셨습니다. 제 기억에 아버지 육성 유언을 초등학교 5학년 때 들었습니다. 아버지는 항상 당신이 단명할거라 생각하셨던지 일찍 유언을 육성으로 작성해 놓으셨습니다.

어느 날 형제들과 놀다가 아버지의 유언 테이프를 발견하고 5남매는 목 놓아 엉엉 울었고 엄마도 우셨습니다. 그 이후 우리 식구는 아버지 바라기였고, 아버지 아프시면 늘 조마조마한 생활을 했습니다.

할머니와 엄마의 지극정성으로 아버지는 지금까지 생존해 계십니다. 최근 구강암으로 3번이나 수술하시고 힘드시

긴 해도 86세로 살고 계시고, 최근 암과 치매 치료 명의이신 김시효 원장님 처방으로 약을 드시면서 회복 중에 계십니다.

할머니는 아버지가 시골에서 계시면 오래 못 살 것 같다며 당신과 내 여동생만 남기고 우리 가족 모두를 서울로 올려 보내셨습니다. 상경 후 조그마한 음식점을 시작했는데 돈벌이가 신통치 않아서 그만두셨습니다. 그때부터 엄마의 생활고에 대한 험난한 여정이 시작되었습니다.

생활력이 없으시고 자꾸 쓰러지시거나 아프신 아버지 대신 집안 가장으로서 안 해 보신 게 없는 엄마를 저는 늘 보면서 지냈습니다. 공장에서 식당 일 하시면서 부업으로는 인형 눈 붙이기, 실밥 정리, 또 의류 공장에서 바느질, 어묵 공장에서 생선 정리, 새벽 우유 배달까지 하시면서 무릎 연골이 다 나가서 걸으실 수 없게 되어 70세 되셨을 때 제가 연골 수술을 해 드렸습니다. 엄마가 새벽 늦게까지 일하고 오시는 날이면 저는 공부하다가 엄마 걱정으로 좌불안석하곤 했습니다.

엄마의 자식에 대한 사랑과 자부심 그리고 격려로 저희 5남매는 사회에서 모나지 않은 성인으로 잘 자랐고, 건강하게 사회인으로 한몫하고 있습니다. 아무리 어려워도 항상 당신 정도면 행복한 거고, 자식들을 어려운 상황에서 구김 없이 키운 것에 대한 자부심이 대단하십니다.

울 엄마! 그 험난한 상황에서도 늘 당당하고 유머도 잃지 않으셨던 분! 마음은 항상 씩씩하셨는데 몸은 이제 엄마에게 그만 고통받으시라고 치매를 앓게 한 것 같습니다. 치매 명의 김시요 원장님을 좀 더 빨리 만났더라면 울 엄마 남은 생을 더 따뜻하게 보내게 할 수 있었을 텐데! 지금이라도 잘해 드려서 여한이 없게 하려고 얼마 전에 치료약을 지어 드렸습니다. 더 진행되는 것은 막을 수 있어도 이미 진행된 것은 치료되지 않는답니다.

저는 엄마를 보면서 저 자신도 치매가 올 수 있으므로 사전 예방해야겠다고 다짐해 봅니다.

가족과 사회에 대한 선한 영향력

저는 태어났을 때 아주 약골이어서, 돌 되기 전에 엄마 품에서 떨어지면 숨이 약해져서 죽을 것 같아 바닥에 놓을 수가 없었답니다. 엄마는 저를 안고 밤새우기를 밥 먹듯이 하셨답니다. 급기야는 태어난 지 1년도 안 되어 병원에서 살 가망이 없다고 하여 망연자실해서 집으로 데려왔답니다.

예전에는 아이가 죽으면 항아리에 넣어서 묻었다고 합니다. 엄마 말씀에 의하면 저를 묻으려고 가슴에 안아서 항아리에 넣으려고 하는데 아직 가슴이 따뜻하더랍니다. 할머니와 엄마는 마지막이라고 생각하고, 민간요법을 써 보기로 하셨고, 그 덕분에 저는 기적처럼 살아났습니다.

나중에 작은아버지들과 삼촌들 통해서 알게 되었지만

지렁이, 쥐 새끼 등등 참 특이한 것을 많이 먹었다고 하더군요. 여하간 기적처럼 살아난 저는 아버지처럼 가족이 살아 있는 것에 감사해 하는 존재가 되었습니다. 제가 몸 건강하게 태어났으면 엄마 시름을 덜어 드릴 수 있었을 텐데. 커 가면서도 엄마 고생 정말 많이 시켰습니다.

27살 결혼 전까지 거의 매년 아버지와 같이 한약을 먹었습니다. 할머니와 아버지 그리고 저는 유명하다는 한약방은 다 찾아다녔고, 엄마는 하루도 빠짐없이 정성들여 숯불에 한약을 달여서 아버지와 저에게 한약을 먹이셨습니다. 엄마는 정말 가족에게 헌신적이셨고, 아버지에게는 더할 나위 없는 생명의 은인이셨습니다.

지금도 친정집 가면 두 분 다 아프시지만 서로에게 의지하시면서 함께하시는 모습이 정말 좋습니다. 엄마의 힘든 상황에서도 서로 섬김의 생활과 부부싸움 없이 다정다감한 모습을 보고 자란 울 5남매도 모두 행복하고 건강한 가정생활을 하고 있습니다. 다 울 엄마 아버지 덕분입니다.

엄마는 힘드신 분들을 보면 항상 나눔을 실천하셨습니다. 직장에 가면서도 넉넉하게 먹을 걸 챙겨 가서 나누는 걸 좋아하셨고, 저희에게도 꼭 힘든 사람을 보면 지나치지 말고 조금이라도 배려하라 하셨습니다.

제가 7살 때 우리 동네에 전기불이 들어왔습니다. 그때 즈음에는 할머니와 부모님의 현명함 덕분인지 계속 재산을 불려서 그 동네 수준에 비하면 우리 집이 그나마 좀 더 잘살았던 것 같습니다. 아버지는 제가 9살 되던 해에 집에 TV와 전화기를 사다 놓으셨습니다.

그 당시 우리 동네에 전화기는 우리 집이 유일했던 걸로 기억합니다. TV는 두 집 정도가 있었고요. 저희는 어렸을 때 전화가 오면 동네 뛰어다니기 바빴습니다. 객지에 나가 있는 자식들이 부모님 안부나 필요한 게 있으면 모두 우리 집으로 전화를 했습니다. 우리는 10분 후에 다시 전화하라고 하고, 동네 어른 모시고 오면 다시 전화가 와서 연결되곤 했습니다. 아침 저녁 쉼 없는 전화 연결 서비스에 힘들기도 했지만 사람 사는 즐거움이 있었습니다.

그 시절에 TV가 있는 집은 온 동네 사람들의 우상이었습니다. 저녁 일을 마치면 동네분들이 우리 집 안방과 마루를 가득 메우시고, 9시 전에 드라마와 뉴스를 보시고, 10시 드라마까지 보고 가셨습니다. 엄마는 항상 동네분들을 위해서 옥수수, 감자, 고구마 등을 쪄서 시원한 동치미 국물과 내놓으셨습니다.

아버지 엄마 두 분 다 동네 이장 그리고 새마을 부녀회장을 하시면서 우리 마을을 살기 좋게 만드셨고, 여러 마을과의 네트워크를 통해서 서로 부족한 부분은 보완하고 새로운 것을 참 많이 만들어 내셨습니다. 배운 게 많지 않으셨지만 삶의 지혜는 그 누구보다도 많으셨고, 더불어 사는 삶을 택하셨습니다. 저도 항상 엄마의 삶의 지혜를 따르려고 노력합니다. 늘 멈추지 않고 성장하는 삶, 함께 성장하는 삶, 더불어 성공하는 삶이 되려고 합니다.

그랜트 카돈은 『10배의 법칙』에서 성공은 의무라고 말합니다. 성공에는 한계가 없다는 말의 의미를 되새기면서 오늘도 엄마를 생각하며 쉼 없이 성장하고 성공을 위해 열심히 뜁니다.

행복합니다, 당신이 내 엄마여서

　　엄마가 계실 때 이 글을 쓸 수 있게 되어 정말 기쁩니다. 아직 제 곁에 계셔서 행복합니다. 직장 생활 하느라 주말이 되어서야 그것도 외부 일정이 없을 때에만 찾아뵙게 되지만 친정집으로 향하는 발걸음은 항상 편안합니다.

　　아버지의 아프시다는 하소연과 엄마의 단기 기억력 상실로 인한 숱한 물음에도 부모님이 제 곁에 계셔서 감사합니다.

　　엄마가 되어 보니 저는 엄마의 100분의 1도 못 따라 합니다. 아이들 밥 한 끼 제대로 못 챙겨 줍니다. 힘들다는 이유로요.

울 엄마는 그 힘든 상황에서도 자식들 도시락 12개(막내 삼촌)씩 싸면서 온갖 생활에다 농사까지 하셨는데 말입니다.

엄마! 사랑합니다. 건강하게 제 곁에 계속 계셔 주셔요. 엄마의 따뜻한 눈빛이 저를 오늘도 힘차게 뛰게 합니다.

세 번째 이야기 **김효정 2**

글 순서

또 다른 이름의 울 어머니(시어머니)

어머니의 자식에 대한 끝없는 책임과 사랑

울 어머니는 생활의 달인

어머니! 당신에게서 사랑을 배웁니다

또 다른 이름의 울 어머니(시어머니)

저에게는 나를 낳아 주신 엄마보다 더 엄마 같은 어머니가 계십니다. 울 시어머니십니다. 5남매가 부르는 애칭은 기분 좋으실 때는 심순 보살, 놀리면서 어머니께 장난칠 때는 심술 보살로 불러 드립니다.

제가 27살에 결혼해서 지금 57세이니 어머니와 함께한 세월이 30년, 낳아 주신 엄마보다 더 함께 살았습니다. 저는 초등학교 동창인 남편과 결혼했습니다.

6학년 때 남편이 저를 따라다니면서 짓궂은 장난을 많이 했습니다. 그때 담임선생님이 저랑 남편을 불러서 남편 보고 저를 좋아하면 그냥 좋아한다고 하지, 왜 괴롭히냐고 했던 말이 인연이 되어서 부부가 되었습니다. 남편과 저는 27세 때 결혼을 했습니다. 그때 남편은 군대 제대 후 4학년생이었고, 저는 직장 새내기였습니다.

1992년 4월에 큰 시누이가 결혼하고 10월에 저희가 결혼했으니 시부모님 입장에서는 넉넉지도 않은 살림에 한 해에 두 명을 결혼시켜서 엄청 힘들었다고 했습니다. 남편이 학생인 데다 고시 공부를 하고 있었기 때문에 어머니는 아들 결혼에 대해서는 생각조차 못한 상황이었습니다. 그런데 남편과 저는 시댁과 친정에 가서 결혼시켜 달라고 졸랐습니다. 어머니는 왜 공부하고 있는 애를 혼란스럽게 하느냐고 저를 야단치셨습니다. 그러나 저희가 결혼만 시켜 주면 잘살겠다고 고집 부려서 양가 어른이 상견례 하는 날 바로 약혼식을 하고 6개월 후에 결혼했습니다.

저희 둘의 신혼집은 방 하나와 부엌이 있고, 화장실은 밖에 있었습니다. 보증금 500만 원에 월세 14만 원이었습니다. 10월에 결혼했는데 남편은 고시 공부를 포기하고 바로 취직을 했고, 저 또한 적은 월급이었지만 둘이 벌면서 방세 내고 조금씩 모아 가면서 예쁘게 살았습니다.

신혼 생활을 시작할 때 어머니가 오셔서 당신이 생활하시면서 쓰셨던 손때 묻은 바가지랑 여러 가지 길들여진 도구들과 요강을 사 주고 가셨습니다. 밤에 제가 겁이 많아서 화장실을 못 갈 수도 있다고 생각하셨던 것 같습니다. 어머니는 워낙 없는 살림에 아버지께서 일용직으로 벌어 오시는 돈과 당신이 공장 식당에서 일하면서 벌어 온 돈으로 5남매를 키우셨습니다. 근검절약이 몸에 뱄고, 음식 솜씨가 정말 좋으셔서 뚝딱하면 요리가 만들어지고, 살림 또한 지혜롭게 정말 잘하셨습니다.

처음 어머니 댁에 갔을 때는 반지하 연립 아주 작은 평수에 아버지, 어머니 그리고 작은 시누이, 시동생 둘 그리고 남편까지 모두 6명이 있었습니다. 큰 시누이는 집이 좁아서 5촌 당숙 집에 살면서 거기서 운영하는 가게에 다니고 있다가 결혼했고, 남편도 다른 5촌 당숙집에서 아르바이트하며 지내다가 대학 입학하면서 들어왔다고 했습니다. 처음 뵙는 거라

어색하기는 했으나 고향분들이시라 그렇게 낯설지는 않았습니다.

어머니가 해 주신 첫 밥상은 정말 맛있었습니다. 여러 나물과 조기 그리고 갈비까지 준비한 음식은 정말 지금도 기억날 만큼 맛있었고 최고였습니다. 어머니는 제가 맛있게 먹고 있는 모습이 참 맘에 드셨다고 했습니다. 그러나 5남매의 큰며느리 역할을 해야 하는데 너무 마르고 손목도 젓가락처럼 가늘어서 약해 보이니 어디에 쓰겠냐고 하시면서 약간 반대 의사를 내비치셨답니다. 나중에 결혼시킨 사연을 들어 보니 동네에 있는 보살님한테 가서 제 사주를 보니 복덩이라고 무조건 빨리 데려오라고 해서 결혼시켜야겠다고 마음먹으셨답니다. 그 보살님 아니었으면 하마터면 남편과 부부의 연도 못 맺고 끝날 뻔했습니다.

저는 남편과 전통 혼례를 했습니다. 성균관대학교 명륜당에서 백년가약을 맺었습니다. 울 부모님은 남편을 맘에 들어 했으나 시댁 형편이 너무 어려운 것을 알고 있는 터라 저에 대한 걱정이 많으셨고, 결혼식 날에도 눈물 지으셨습니다. 왜 형제가 많은 장남에 경제적으로도 상당히 어려운 집으로 가려고 하느냐는 것이었죠. 그런데 그때는 눈에 콩깍지가 씌었는지 그런 것들이 장애 요인이 되지 않았습니다. 그냥 같이 있기만 하면 행복하고 잘살 것 같았습니다. 그래서 오직 서로 함께하고픈 마음에 결혼을 선택했고, 그렇게 저는 울 시어머니의 큰 며느리가 되었습니다.

어머니의 자식에 대한 끝없는 책임과 사랑

결혼하고 어머니 댁에 가면 어머니는 항상 제 손을 잡고 따뜻한 이불 속으로 이끄셨습니다. 제가 추위를 정말 많이 탔기 때문입니다. 갈 때마다 제가 좋아하는 사과, 감, 귤 등 과일들을 듬뿍 사 놓으셨습니다. 그리고 제가 직장 다닌다고 부리나케 밥을 지어서 저 좋아하는 생선까지 준비하여 밥상을 내주셨습니다. 시어머니도 그 당시에 직장을 다니고 계셨는데 말입니다. 신혼 초만 해도 그저 부모님 댁 가면 마냥 즐겁기만 했습니다. 어머니가 센스도 있으시고 유머도 있으셔서 즐겁게 도란도란 이야기하고 박장대소하며 오는 날이 많았습니다.

그러나 그렇게 밝으신 울 어머니가 힘든 생활을 20년 넘게 견뎌 온 것은 몰랐습니다. 어머니는 시집오셨을 때 병들어 계신 시어머니와 술을 드시면 험한 말씀을 하시는 아버님 사이에서 힘들게 살아오셨답니다. 여러 번 결혼 생활을 접을 생각도 하셨답니다. 정말 한 끼 한 끼를 걱정해야 하는 살림 형편에 시어머니 병원비와 약값도 버거웠고, 아버님은 겨우 동네 일일 일꾼을 하시면서 근근이 살고 있었다고 합니다.

첫애로 제 남편을 낳고 나서 4살 즈음에 집을 나갈 준비를 다 했는데 아이가 눈에 밟혀서 결국은 포기하고 주저앉으셨다고 했습니다. 그때부터 모든 것은 자식을 위한 삶이셨고, 얼마나 힘든 삶을 사셨는지 지금은 퇴행성 척추측만저위증으로 제대로 거동을 못하십니다. 그리고 요즘도 힘드실 때마다 그때 이야기를 하면서 신세한탄을 하십니다.

병든 시어머니께 그리고 큰집 어머니에게 애들을 맡기고, 돈이 되는 것은 다 머리에다 이고서 행상을 나가셨답니다. 집집마다 개나 고양이에게 물리기도 하고 할큄을 당해서 지금도 짐승을 좋아하지 않으십니다. 그리고 행상을 나가는 날이 아니면 집에서 두부를 만들어 판매하셨답니다. 그 힘든 나날 중에도 둘째와 셋째는 딸이 태어났고, 넷째와 다섯째는 아들이 태어나서 모두 5남매를 두게 되었답니다.

다행히 큰아들인 남편이 착하고 공부를 잘해서 그게 어머니 삶에 유일한 낙이었다고 하셨습니다. 힘든 삶 속에서 남편이 공부를 잘하고 우수상을 받아 오고, 동네에서 칭찬받는 것을 보고 힘든 줄 모르고 애들 뒷바라지에 온정신을 쏟으셨다고 합니다.

그런 어머니이셨기에 제가 결혼하고 나서 직장 생활 할 때 아낌없이 지원해 주시고 자랑스러워하셨습니다. 다른 여자들은 결혼하고 아이를 가지면 보통 친정집에서 몸조리하거나 산후조리원으로 가는데 저는 입덧 때부터 산후조리까지 모두 시어머니가 해 주셨습니다. 입덧이 심할 때 뭐가 먹고 싶은지 물어보신 후 제가 시댁에 도착할 시간이면 다 준비해 놓고 기다리셨습니다. 당신은 아이 낳고도 제대로 미역국도 못 드셨다고 합니다. 애 가졌을 때도 먹은 게 부실해서 애들이 모두 건강하지 못하다고 많이 아쉬워하셨습니다.

아이를 낳고 나서도 제가 직장 생활을 계속해야 해서 어머니가 애들을 다 키워 주셨습니다. 둘 다 손자라서 손녀 키우는 것보다 훨씬 힘드셨던지 지금은 관절도 많이 안 좋으십니다. 제가 직장에 이렇게 안정적으로 오래 다닐 수 있게 된 것은 모두 어머니가 있었기에 가능했습니다.

남편과 신혼살림을 시작한 방 하나 부엌 하나 있던 집에서 첫 번째로 이사한 곳은 남편이 고시 공부를 시작했던 서울대 후문 쪽 반지하 연립식 방이었습니다. 화장실이 방 안에 있어서 기존 집에 비하면 저에겐 천국 같았습니다.

거기에서 큰아이를 낳았습니다. 친정 엄마는 일을 하고 계셨고 아이를 키울 수 있는 상황이 안 되셔서 시어머니가 직장을 그만두시고 아이를 봐주셨고, 제가 아이를 좀 더 가까이에서 보게 하기 위하여 오류동 집을 파시고 제 옆으로 이사 오셨습니다.

그때부터 어머니는 제 집과 어머니집 살림과 애들 보는 고된 삶이 시작되셨는데 그래도 그때가 좋았다고 하십니다. 어머니는 회사에 집중하라고 애들이 아플 때에도 전화하시는 법이 없었습니다. 유일하게 전화하신 건 애들이 많이 아파서 병원에 입원해서 보호자 사인을 받아야 할 때였습니다.

낙성대에서 살 때 월세부터 시작해 조금씩 넓은 전셋집으로 넓혀 갔고, 생애 처음으로 12평 연립의 내 집을 샀고, 몇 년 후에는 33평형 연립을 샀습니다. 정말 행복한 나날이었습니다. 이것 또한 어머니가 제 집 옆에 사시면서 부동산에 집을 알아봐 주시고 지원해 주셔서 가능한 일이었습니다.

남편과 저는 초등학교 동창이라 은사님이 같습니다. 어느 날 반포 경남아파트에 있는 상가에 한국서예협회에 이사장님으로 계시는 은사님을 뵈러 갔습니다. 이 은사님은 초등학교 5학년 담임선생님이셨고, 45년이 지난 지금도 뵙고 있습니다. 은사님께서 이 근처가 애들 키우기 좋은 곳이라고 말씀하셔서 저는 전혀 정보가 없는 상태에서 그곳에 덜컥 집을 사고야 말았습니다.

그때 가지고 있는 돈이라고 해 봐야 겨우 33평형 연립주택 1억 5천만 원이 전부인데 거의 7억이나 되는 집을 계약해 버린 겁니다. 할 수 없이 살고 있는 집을 팔고, 은행 대출과 회사 대출을 받고 전세도 끼면서 해결한 다음 살 집이 없어서 저는 무작정 시어머니집 방 한 칸에 짐을 풀고 어머니와 같이 살기 시작했습니다.

어머니는 시끄러운 것, 지저분한 것 모두 싫어하시는 정갈하고 예민한 분이셨습니다. 5년을 어머니와 살던 때를 상기해 보면 정말 죄송하고 지금도 감사합니다. 저는 대부분 직장에서 전산 개발이나 새로 시작하는 업무들을 맡아 했기 때문에 밤새우는 날도 많았고, 집에 여러 날씩 못 들어가는 날도 많았습니다. 그리고 주말이면 잠깐 애들 얼굴 보고 출근하는 일이 많았습니다. 그러다 보니 어머니가 애들과 씨름하시면서 집안일까지 하시느라 힘드신 걸 알았지만 도와 드릴 수가 없었습니다. 매일 새벽 6시에 출근하는 며느리 아침을 하루도 거르지 않고 챙겨 주신 분입니다. 제 빨래까지 거기다 속옷까지도 다 빨아 주고 챙겨 주셨습니다. 어머니와 상의도 없이 덜컥 사 버린 집과 이사 온 며느리를 싫은 소리 없이 보듬어 주셨습니다. 지금의 저를 있게 한 건 모두 울 어머니입니다.

저는 승진할 때마다 가장 먼저 어머니께 전화드렸습니다. "어머니 덕분에 저 승진했습니다." 그 소리를 들으실 때마다 자랑스러워하시고 당신이 승진하셨다고 기뻐하셨습니다. 친자식보다도 더 챙겨 주시고 걱정해 주시는 울 어머니는 아마도 전생에 내 엄마였을 것 같습니다.

직장 다닌다고 결혼 생활 30년 동안 김장 한 번을 안 해 봤습니다. 어머니는 분명히 김장하는 날짜를 말씀해 주셨습니다. 그런데 항상 그날은 실제 김장한 날이 아니었고, 제가 갈 수 없는 평일에 김장을 다 해 버리셨습니다. 저보고 오라고 한 날짜는 담가 놓은 김장 김치를 가져가라는 것이었습니다. 추석이나 설 명절에도 명절 전날 아침 일찍 가더라도 웬만한 건 다 해 놓으시고 무조건 쉬라고 하십니다. 이렇게 아이 키울라 살림할라 무리하시다가 그만 방광암에 걸리고 마셨습니다.

병원에서 암 진단을 받았을 때 두 손자가 걱정되어 펑펑 울었습니다. 방광암 수술 후 다섯 차례나 재발했다가 지금은 괜찮습니다.

울 어머니는 성격이 참 곧으십니다. 유머도 많으시고 주변에 친구도 많으십니다. 그런데 아버님과는 그렇게 좋은 궁합이 아니었던 것 같습니다.

아버님은 일일 노동직으로 힘들게 일하시느라 술을 한잔 두 잔 하시다가 거의 술을 매일 드시게 되었습니다. 술을 드시고 담배까지 피우고 들어오시는 날이면 두 분은 예외 없이 싸우셨습니다. 제 기억으로 아버님은 어머니가 무슨 말씀을 하시면 거칠게 대응하셨고, 결국 싸움까지 가는 게 일상이었습니다. 어머니는 거의 화병이 나셨고, 결국 두 분은 따로 사시는 상황까지 이르렀습니다.

아버지는 결국 고창에 조그만 집을 사서 이사하셨고, 어머니는 아이들을 키우면서 서울에서 살았습니다. 그리고 10년이 되어 가는 어느 날 아버님이 후두암 판정을 받으셨습니다. 아버님은 헤비 스모커셨고 술도 많이 드셨는데 아마 이런 부분이 주요인이었지 싶습니다. 아버님은 서울로 올라오셔서 수술을 하셨고, 어머니는 걱정하시면서 필요한 것들을 챙겨 주셨습니다. 서로 함께하지는 않더라도 부부의 정은 무서운 것 같습니다.

울 어머니는 당신 몸이 힘드시고 아프시더라도 쉬시는 걸 본 적이 없고 항상 무언가를 하고 계셨습니다. 쉼 없이 자식과 가족에 대해 헌신적이셨습니다. 그 덕분에 5남매인 자녀들은 어려운 형편에서도 잘 컸고 사회에서 제 몫을 하면서 잘 살고 있습니다.

울 어머니는 생활의 달인

저는 생선을 엄청 좋아합니다. 그런데 생선을 구우려 하면 집 안 가득 생선 냄새가 배어서 며칠을 각오해야 합니다. 요즘에는 에어프라이어, 광파 오븐레인지 등 생선을 구울 수 있는 장비가 많지만 예전엔 석쇠나 프라이팬이 주 도구였습니다. 어머니는 제가 생선을 좋아하는 걸 아시기 때문에 갈 때마다 생선을 구워 주셨습니다.

어머니가 구워 주는 생선은 항상 바삭하고 냄새도 거의 없어 정말로 맛있었습니다. 특히 짭짤한 자반고등어나 임연수는 저에게 최고의 밥반찬이었습니다. 어머니가 생선을 구워 주실 때 자세히 살펴보니 프라이팬에 생선을 구우시는데 뚜껑을 덮는 것이 아니라 넓은 종이를 덮으셨습니다. 넓은 종이는 기름은 흡수하고 수증기는 나가게 해서 생선은 바싹 구워지고, 주변이 더럽혀지지 않을 뿐만 아니라, 냄새도 훨씬 줄일 수 있었습니다. 저도 어머니가 하는 대로 따라해 봤더니 정말 맛있는 생선 구이를 먹을 수 있었습니다. 어떻게 이런 방법을 아셨냐고 물었더니 저에게 그러십니다. 너도 회사에서 네 일을 잘하듯 나도 집에서 일하면서 궁리하기 때문에 잘할 수 있다고. 당신을 자칭 솥뚜껑 전문가라고 하시면서 웃으십니다.

어머니는 국물을 낼 때에도 멸치는 볶아서 비린내를 없애고, 다시마와 마른 새우를 넣으셔서 조미료 없는 국물을 내십니다. 여기에 신선한 야채와 두부 그리고 어머니가 직접 담근 된장을 풀면 이보다 더 맛있는 된장찌개는 세상에 있을 수 없다는 생각을 가지게 합니다. 비누도 쓰시다가 남은 건 모두 모아서 떨어진 스타킹을 활용하여 하나도 안 남기고 쓰십니다. 기름진 그릇은 사전에 종이로 닦은 다음 살뜨물이나 밀가루를 풀어서 깨끗하게 닦아 내십니다. 또 여기저기 내용물을 나눠 담고 싶을 때 페트병의 목 있는 부분을 뾰족하게 잘라서 활용하면 전혀 흘리지 않을 수 있습니다.

옷걸이는 우리 집 먼지털이개부터 시작해서 온갖 도구로 쓰입니다. 살림을 시작할 때 어머니가 애용하는 생활 도구인 페트병의 활용법에 놀랐습니다. 페트병에 쌀을 보관하면 벌레가 일체 안 생깁니다. 집에 있는 오래된 채소 중 감자나 토란, 호박, 무, 당근 등을 버리시는 법이 없습니다. 다 못 먹을 때는 잘라서 말린 다음 가루로 만들어 음식 만드실 때 쓰거나 고추장, 된장 등을 만드실 때 써서 아주 풍미 있는 맛을 내십니다. 마늘, 생강, 파 등은 한 번에 먹을 수 있게 나누어 얼려 보관해 놓으시기 때문에 요즘처럼 작은 식구들 음식 만들 때에도 아주 쉽게 그리고 빠르게 버리는 것 하나 없이 안성맞춤으로 해 놓습니다.

　　밖에 나가셨다가 어디선가 새로운 것을 경험하시거나 맛보시고 맘에 드시면 집에 오셔서 그것들을 해 보시고 바로 만들어 내십니다. 저에게 어머니는 진정 능력자이십니다. 얼른 어머니에게 살림을 배워야 하는데 아직도 저에게는 어려운 숙제입니다.

어머니! 당신에게서 사랑을 배웁니다

어머니는 큰아들인 제 남편이 사법고시에서 실패하고, 이어서 다니던 직장에서도 맘을 못 붙이고 있다가 그만두고 힘들어 하는 것에 대해 저한테 정말 미안해 하셨습니다. 그러다 보니 당신이 저를 지원할 수 있는 일이라면 무엇이든 하려 하셨습니다.

저는 5년간 어머니와 살다가 애들을 학군이 좋다는 학교에 보내기 위해 5년 전에 사 놓은 집으로 분가하여 나왔습니다. 그때 저는 회사에서 처음으로 부서장이 되었고, 회의가 많아서 회의 자료 만들고 임원께 보고드리느라 한밤중에 집에 가기 일쑤였습니다. 그때 큰아들이 고등학교 1학년이었고, 작은아들은 초등학교 6학년이었습니다. 남편이 경제적인 지원을 해 줄 수 없는 상황에서 가장으로서의 책임감은 정말 무거웠습니다. 분가 후 어머니는 척추측만저위증으로 봉천동에서 반포까지 오가시기가 정말 힘든 상황이셨는데 온 힘을 다해서 오셨습니다.

이렇게 살다 보면 편해질 날도 올 거야 하고 늘 마음을 달래면서 살던 어느 날 남편이 기획 부동산 사업자들에게 사기를 당하고 엄청난 빚을 진 사실을 알게 되었습니다. 정말 최원교 님의 성공하는 삶의 공식에 써 놓은, 인재에 당하셨다는 글을 읽었을 때 너무 어려웠던 그 시절이 떠올랐습니다. 남편은 우리 가족이 살고 있는 집을 저 몰래 저당잡히고 돈을 빌렸다가 사기를 당한 것이었습니다.

당장 그 결과가 현실로 나타났습니다. 집에 경매하겠다는 경고장이 계속 날아오고, 남편 채무자들이 일방적으로 저한테 전화해서 빚을 갚으라고 했습니다. 저랑 어머니가 이 사실을 알게 되자 남편은 가출해 버렸습니다. 그때는 정말 무서웠습니다. 회사 일도 버겁고, 아들들은 새로운 환경에서 적응하기 어려워 힘들어 하고, 이때 경제적인 부분까지 어려움이 닥쳐 와서 숨을 쉴 수가 없었습니다. 만약 어머니가 제 곁에 있어 주지 않았다면 저는 견뎌 내지 못하고 가정을 포기했을 지도 모릅니다.

어머니는 그 힘든 몸으로 하루도 빠지지 않고 오셔서 밤마다 제 곁에 있어 주셨습니다. 같이 울고, 서로 위로하고 그러면서 아이들 챙기며 세월을 보냈습니다. 큰아들은 또 달라진 환경에서 적응 장애가 나타났습니다. 저는 그 당시에 가출한 남편 소리가 자꾸 들리는 듯해서 몇 번씩 뛰쳐나갔습니다. 그때마다 큰아들은 불안한 마음으로 엄마 뒤를 따라왔습니다. 울 큰아들에게 정말 미안한 마음입니다. 그 아이는 지금도 저보다 할머니 바라기이고, 내년이면 서른이 됩니다. 많은 방황 끝에 10년이 지난 이제야 서서히 본마음을 찾아가고 있습니다.

제 두 아들은 제 품에서 크기보다 할머니 품에서 더 오래 자랐습니다. 두 아들이 제 품으로 온 것은 큰아이가 중학교 2학년, 둘째 아이가 초등학교 4학년 때였습니다. 특히 큰아들은 오롯이 할머니 덕분에 살아남은 아이입니다. 어렸을 때 제대로 따뜻하게 안아 키우지 못하여 애착 장애가 생긴 것 같습니다. 특히 5살 터울인 동생이 생기면서 불안 장애까지 생긴 것 같습니다. 극도로 예민하고 사회성도 부족한 아이였습니다. 어머니는 애들이 아프거나 다칠까 봐 웬만하면 위험한 곳에 보내지 않고 금지옥엽으로 키우셨습니다. 그런 부분이 사회성이 더딘 데 영향을 끼친 것 같습니다. 심지어는 간식도 과자가 아닌 고구마부터 옥수수, 과일 등 애들이 먹을 수 있게 집에서 직접 다 만들어 먹였습니다.

그렇게 온실 속 화초처럼 키운 아이들을 저는 어머니와 깊이 상의도 하지 않고 애들 학교를 반포로 보내는 걸로 결정해 버렸습니다. 고등학교 입학 직전 봉천동 할머니 집에서 반포로 분가해 오면서 큰아들은 많이 달라진 주변 환경과 학교 생활에 적응하지 못했습니다. 그때 부모 손길이 절실하게 필요했는데 저는 그것을 몰랐습니다. 결국 고등학교 3학년 8월부터 공부를 거의 안 하고 학교만 갔다가 오는 그런 애가 되어 있었습니다. 졸업 후 2년여 동안 거의 방에서 나오지도 않고 왜 대학에 가야 하는지, 왜 공부를 해야 하는지에 대한 물음만 던진 채 긴 세월을 혼자 보냈습니다.

대화를 할 수 있는 분은 할머니인 어머니뿐이었습니다. 엎친 데 덮친 격으로 무리한 치아 교정으로 심리적인 호흡곤

란까지 오면서 너무 힘든 세월을 보냈습니다. 그 당시에 큰아들은 저와 남편에게 너무나 적대적이었습니다. 힘들 때 부모가 도움이 되지 못한 것에 대한 분노였습니다. 호흡이 곤란해지면 죽을 것 같다고 몸부림치는 아이를 지켜보고만 있어야 했습니다.

모든 걸 놔 버리고 거의 폐인처럼 보내는 아들을 보면서 울음을 삼켰던 세월이 거의 10년입니다. 고등학교 졸업 후 2년이 지난 어느 날 군대를 가겠다고 했습니다. 혼자서 카투사 시험을 보고 와서 서류 합격은 했고 추천을 기다린다고 했습니다. 그러나 추천에서 떨어지고 아이는 공군에 입대하게 되었습니다. 수원 비행장이라 저랑 남편은 매주 쉬는 날이면 가능한 한 아들을 보러 갔습니다. 군대 생활을 힘들어 하는 아들을 지켜보면서 조마조마했지만 그래도 잘 이겨 냈습니다. 지금도 마음에 많이 걸리고 안타까운 건 아들이 군대에 가 있을 때 생활하는 곳을 부모들에게 공개하는 시간이 있었는데, 하필이면 저는 회사 사업전략회의에 참석해서 발표해야 했고, 남편은 독일 붓글씨 전시회에 참가해야 해서 결국 할머니와 시누이 남편이 참석하게 되었습니다. 아들에게 많이 미안합니다.

군대 제대를 5개월 앞둔 시점에 아들에게 연락이 왔습니다. 대학을 가겠다고, 인터넷 강의를 신청해 달라고 했습니다. 그래서 국, 영, 수 과목을 신청해 주고 책을 가져다주었습니다. 5월 말에 제대한 큰아들은 2개월 정도를 계속 컴퓨터하고 놀기에 다음 해에 대학 갈 준비를 하나 했는데, 8월부터 토즈라는 공부방에 가서 무섭게 공부를 시작했고, 그해 한국외국어대학교 경제학과에 들어갔습니다. 이제는 아이가 분노를 거두고 잘 생활할 줄 알았습니다. 그런데 2년 정도 다닌 어느 날 왜 대학을 계속 다녀야 하는지 모르겠다고 선언하고 휴학을 해 버렸습니다. 한국외국어대 앞의 오피스텔에서 혼자 지내던 아이는 저희 품으로 돌아오지도 않고 거기서 더 혼자 4년을 보냈는데, 어머니는 제 아들과 거의 매일을 통화하셨습니다. 아들은 심리적 불안 상태와 호흡곤란, 치아 교정까지 잘못되어 죽고 싶다고 할머니에게 늘 하소연하고 또 하소연했습니다. 그때 부모에 대한 적대감이 커져서 저랑 남편은 지켜보고만 있어야 했고, 보고 싶어서 아들이 있는 오피스텔에 가면 문전박대를 당하기 일쑤였습니다. 어머니는 제 아들에게 쉬지 않고 연락하셨고, 대화하려고 노력하셨습니다. 제대로 걷기도 힘드신 분이 의지력으로 버티면서 손자한테도 갔다

오곤 하셨습니다.

10년의 세월을 보내면서 요즘 아들은 주변에 마음을 열고 있습니다. 할머니 집으로 이사도 했습니다. 할머니 집으로 이사하기 위해 가 본 아들 오피스텔은 거의 몇 년 동안 청소를 안 한 것처럼 엉망이었습니다. 가슴이 미어터질 것 같았습니다. 이런 환경에서 그런 고통을 받으면서 생활했을 아들을 생각하니 저도 모르게 눈에서 눈물이 쉼 없이 흘러내렸습니다.

큰아들은 내년에 학교에 복학할 결심도 했습니다. 둘째 아들은 다행스럽게도 형의 이런 힘든 모습을 보면서 우리 식구에게 힘들지 않게 하려고 잘 자라 주었습니다. 학원 가는 것도 제대로 못 챙겨 주고 수업 준비물도 제대로 못 챙겨 주었는데 불평 없이 잘 자라주었고, 곧 의사가 됩니다. 혼자서도 단단하게 잘 커준 둘째 아들에게는 늘 감사한 마음으로 삽니다.

혼자 몸도 지켜 내시는 걸 힘들어 하시는 어머니! 손자가 힘들어서 몸부림칠 때 같이 힘들어 하시고, 노심초사 손자바라기가 되셔서 손자의 마음을 끝까지 잡아 주고 지켜 내셨습니다. 두 손자의 든든한 바람막이로 29년을 함께해 주신 울 어머니, 어머니에서 항상 배웁니다. 생활의 지혜도 배우고 사람 마음 얻는 것도 배우고, 살아갈 용기도 얻습니다. 사랑하는 울 어머니! 당신이 저에게는 희망이고, 가장 아름다운 분이십니다. 어머니 정말 감사합니다. 건강하게 오래오래 제 곁에 있어 주세요. 다시 태어나도 당신은 나의 어머니이십니다.

네 번째 이야기 김순자

글 순서

나의 글을 시작하며

엄마의 추억

어린 시절

엄마의 병환

엄마와 건강

엄마와 낮아짐

복지센터

꿈과 희망으로 새벽을 열다

엄마가 하늘나라에 가신 지도 7년이 넘었다. 매일 부여 잡고 흘리던 눈물도 어느덧 말랐고, 엄마에게 못했다는 안타 까움과 가슴 아픔도 조금 흐려지는 듯하다. 엄마에 대한 추억 이 참으로 많다. 난 엄마를 모시다가 우리 집에서 돌아가셔서 다른 형제들보다 더 가슴이 많이 아팠었다. 어떤 형제는 내가 엄마를 돌아가시게 했다며 많은 원망을 했다. 막내 여동생은 내 잘못으로 엄마를 돌아가시게 했다고 나를 보지도 않고 만 나지도 않는다. 이 글을 읽고 그 여동생도 마음을 풀고 내 마 음을 이해할 수 있게 되기를 간절하게 바란다. 엄마의 간절한 소망은 3남 6녀가 왕래하며 행복하게 사는 것일 것이다.

눈에 넣어도 아프지 않을 자식들이 당신 때문에 싸우고 반목을 한다면 얼마나 힘들어 하실까? 안 그래도 자식과 남편 때문에 평생 바람 잘 날이 없었는데……. 이제 난 훌륭한 우리 엄마를 자유롭게 해 드리고 싶다. 모든 형제가 화목하고 평화롭고 풍요롭게 살면서 서로를 사랑하기를 바라시는 엄마의 뜻을 이루어 드리고 싶다. 우리 형제에게 희망이었던 엄마처럼 자식들에게 희망인 부모가 되기를 간절하게 소망해 본다.

백친방을 만난 덕분에 엄마에 대한 글을 쓰게 되었다. 감사드린다.

엄마의 추억

"엄마아아아!" 허공에 대고 불러본다. 엄마를 생각하면 가슴 아스라이 아픔이 온다.

3남 6녀, 9남매를 낳으시고, 배곯지 않게 먹이려고 당신의 배는 얼마나 곯았을까? 매일 배불리 먹으며 엄마도 배불리 먹었을 것이라고 어린 시절에는 생각했지만 지금 생각해보면 당신의 배를 움켜잡고 어린 자식들을 먹이셨던 것 같다. 이런 부모의 노력으로 감자밥이든 보리밥이든 나물밥이든 배불리 먹으면서 자랐다.

그 시절 참 어려웠다. 중학교 1학년 때의 일이다. 수업료 낼 돈이 없어서 엄마가 일한 광산으로 돈을 받으러 갔다. 밤늦게 어둠을 뚫고 일 끝내고 돌아가는 엄마의 뒤를 따라 걸으며 수업료를 낼 수가 있다는 기쁨과 기대감으로 가득 찼던 것이 지금도 생각난다. 울 형제 막둥이가 50대인데 쌍둥이로 태어났다.

그 시절은 고무장갑 살 돈도 없어서 엄마가 한겨울에 맨손으로 기저귀를 빨아 오곤 했다. 한겨울에 얼마나 손이 시렸을까? 손이 벌겋게 되어 가지고 기저귀 그릇을 들고 오는 엄마가 옆에 있는 것같이 느껴진다. 초등학교 6학년 때의 일이다. 그때의 겨울은 유난히 추위가 매서웠다. 그럼에도 엄마는 한 번도 겨울에 다른 자식에게 일을 시키지 않으셨다. 농사일이 겨울에는 없기도 하지만 맨손으로 차마 자식들에게 일을 시키지 못했을 것이다. 난 그런 엄마를 가슴 아프게 생각하며 열심히 공부하며 엄마를 위해 반드시 성공하겠다고 나의 미래를 만들어 갔다.

엄마는 자식을 위하여 당신을 완전하게 내어 주었다. 그렇게 엄마의 헌신으로 우리 9남매는 잘 성장하여 어른이 되었다. 각자가 개성이 강하여 사회 곳곳에서 자기의 삶을 충실하게 살아가고 있다. 엄마의 눈물 어린 헌신이 있었기에 모두가 잘살고 있다. 엄마는 우리 9남매의 버팀목이 되었다.

교육은 받지 않았다. 남동생이 배우는 것을 멀찍이서

보면서 한글을 익힌 덕분에 9남매가 초등학교 입학하기 전에 자음과 모음으로 한글을 다 익히고 학교에 입학할 수가 있었다. 가갸 거겨…… 흐히까지 써서 벽에 붙여 놓고 겨우 내내 읽고 또 읽었다. 형제가 많았지만 모두가 한글을 익혔기에 공부를 잘하는 형제로 자랐다. 난 학교서 공부를 아주 잘하는 아이가 되었다. 동생들도 마찬가지다. 엄마는 뼈 빠지게 일해도 자식들이 공부 잘한다는 소리를 들으면 힘이 들지 않는다고 하셨다.

많은 형제의 공부를 시키기 위해 엄마는 안 해 본 것이 없었다. 겨울에는 광산을 다니시고 품을 팔기도 하시고 나물을 뜯어 팔고 누에를 치기도 했다. 나 중학교, 고등학교 시절에는 식당서 일도 하시고 심지어는 서울로 남의 집 가서 환자를 돌보고 그 집 살림을 도맡아하기도 했다. 엄마는 이 모든 것을 자식들 배불리 먹이려고 하신 것이다.

먹고사는 것이 힘든 시기였지만 엄마는 나눔도 잘하셨다. 동네에 누가 아프면 맛있는 물김치를 해서 동네 아주머니한테 가져다 드리고 병문안을 했다. 내가 어린 시절에는 까치 복숭아나무가 밭둑에 쭉 있었다. 지금은 까치 복숭아를 약으로만 쓰지만 그 시절에는 아주 맛있는 과일이었다. 복숭아가

익으면 다래끼(나무로 얼기설기 만든 바구니)에 따서 동네 집집마다 가져다 드렸다. 동생들이랑 몇 명이서 신나게 이 집 저 집 다니며 드린 기억이 있다.

어린 시절의 집은 참으로 풍요로운 환경이었다. 집 마당 옆에는 포도 과수원이 쭉 있었고 사과나무, 감나무 조금 더 가면 복숭아나무가 있었다. 겨울에는 홍시와 고염을 간식으로 먹으며 자랐다. 풍기에는 섬유 공장이 많았다. 우리 집도 삼을 삼았다. 가느다랗고 길게 연결해서 예쁘게 구리를 삼아서 회사에 가져다주면 돈으로 주었다. 겨울에는 밤늦게까지 일을 한다. 밤 9시, 10시가 되고 배가 고파지면 엄마가 홍시, 고염, 무, 명절이 다가오면 김치에 두부를 간식으로 먹는다. 나는 간식을 먹으려고 더 열심히 삼을 삼았다. 그 시절은 무엇이든지 맛있었다. 그렇게 밤낮으로 일을 하고, 설이 다가오면 모두 돈을 정산해서 설빔을 사서 입는다. 양말도 옷도 모두 새것을 입고 즐거워한다. 빨간 골덴 옷 한 벌과 양말이 설빔의 전부이지만 우린 세상을 모두 가진 것처럼 행복해 했다.

엄마와 함께한 어린 시절은 마냥 행복했다. 마당은 온갖 꽃이 만발하고 마당 끝은 바로 논이어서 푸른 물결이 인다.

마당 옆으로는 바로 포도밭이다. 좌측으로는 디딜방아가 있었고 감나무가 몇 그루 서 있었다. 설이고 추석이면 디딜방아에 쌀가루를 찧어서 절편과 송편을 만들어 먹었다. 절편을 부엌에서 엄마와 아버지가 떡판에서 찧어서 만들면 우린 부엌 창문으로 머리를 내밀고 서로 먼저 먹고 싶어서 침을 삼키며 내다보았다. 방앗간에서 한 것만큼 쫀득거리지는 않지만 아주 맛있었다. 지금 생각해 보면 내 어린 시절이 천국이었다.

엄마에게 고백할 것이 있다. 고등학교 1학년 때의 일이다. 엄마와 아버지가 싸운 뒤 아버지는 소를 끌고 밤에 어디론가 사라졌다. 이튿날 엄마와 나는 기차를 타고 충주 수안보 쪽으로 찾아 나섰다. 다행스럽게도 논둑에서 소가 풀을 뜯고 있었다. 우린 너무 반가웠다. 아버지도 만났다. 아버지는 많이 반성하시는 것 같았다. 하지만 엄마가 아버지께 화가 나는 어떤 말씀을 하셔서 들판에서 언쟁을 하시고 소를 끌고 오게 되었다. 우리 집까지 소를 끌고 오려면 5시간도 족히 걸리는 거리였다. 난 엄마가 소를 끌고 가는 뒤에서 따라가는 것이 매우 창피스럽게 느껴져서 엄마에게 기차를 타고 먼저 간다고 말씀드렸다. 엄마는 자식의 말은 모두 들어 주시는 분이라 흔쾌히 허락하셨다. 난 집에 와서 식사 준비를 하고 부침도 구워 놓고 엄마를 기다렸다. 엄마는 오후에 도착하셨다. 난 마음이 많이 아팠다. 엄마가 힘드신 것을 누구보다도 잘 아는 내가 엄마를 창피하게 생각했다는 것이 살아가면서 내내 마음에 상처가 되었다. 살아가면서 늘 그것이 목에 가시처럼 걸렸는데 이제 이것도 내려놓으려고 한다. 난 그래도 누구보다도 엄마를 걱정하고 사랑했기에 사춘기 시절의 일은 잊으려고 한다.

어린 시절

1969년도에 초등학교에 들어갔다. 9남매이다 보니 두세 살 터울로 형제가 계속 있다. 우리는 산골에서 감자밥도 나물밥도 맛있게 먹으며 마음껏 뛰어다녔다.

놀거리가 지금처럼 집에 있는 것이 아니고 자연이 내 놀이터였다. 나물 뜯는 엄마를 따라 산속에 가면 나물 뜯는 것이 나의 놀이가 되는 것이다. 취나물, 잔디싹, 수루치 등 고추장과 밥을 실 종이에 싸 가지고 가서 배가 고플 때 산에서 나물을 고추장 찍어서 먹으면 훌륭한 한 끼 식사가 된다. 그 시절 산은 지금처럼 나무가 많지 않아서 많은 나물을 뜯어 가지고 돌아오곤 했다. 두릅, 고사리, 참나물은 엄마가 잘 엮어서 청량리 가는 기차로 팔러 가셨다. 서울 사람에게는 귀한 나물이기에 잘 팔고 오셨다. 초등학교 다니는 언니 둘과 팔고 오시곤 했다. 역원들이 못 팔게 하면 숨어 있다가 플랫폼에 기차가 들어오면 쫓아가서 나물 엮은 것을 보여 주면 사람들이 창문을 열고 사곤 했다. 어느 날은 날이 새기도 전에 동이 트기 시작할 때 엄마 혼자 나물을 뜯어 오실 때도 있다. 엄마는 오실 때 빈손으로 오시지 않고 소나무를 베어 오거나 산딸기를 따 오시곤 했다. 소나무 끝 나무를 송구라고 했다. 칼로 겉껍질을 살살 벗기고는 나무를 입에다 대고 하모니카를 불 듯이 입으로 훑어 먹으면 소나무의 향이 입에 가득 배곤 했다. 소나무 속껍질을 먹는 것인데 그때의 그 맛은 무엇에 비길 수 있으랴? 산딸기를 따오실 때는 주로 5월 말이나 6월 달이었던 것 같다. 칡 이파리에 고이고이 싸 가지고 오셔서 우리의 간식으로 주셨다. 어른이 된 지금도 난 그 맛을 잊을 수가 없다. 어릴 때 먹고 다시는 그 맛을 보지 못했다. 아릿한 어린 시절의 향수로만 남아 있을 뿐이다.

식구는 많고 먹을 것은 귀한 시절이라서 일을 해야 했다. 초등학교 4학년 때의 일이다. 엄마가 일 가시면서 고추를 따라고 했다. 난 세 살 된 동생을 보면서 고추를 따야 했다. 놀고 싶은 마음이 너무 큰데 엄마는 너무 바쁘고 일은 해야 했다. 고추밭이 너무 커서 따도 따도 끝이 없었다. 어린 눈에는 고추밭이 너무 커 보였다. 난 고추가 너무 따기 싫어서 시체 놀이를 하곤 했다. 팔다리를 옆으로 쭉 뻗고 누워서 "나 죽었다" 그러면 세 살 된 여동생이 엄마가 일하고 돌아오시면 내가 했던 것처럼 똑같이 누워서 내 흉내를 냈다. 그렇게 온 식구가 웃음바다가 되곤 했다. 어렵고 힘든 어린 시절이었지만 마냥 행복한 생활이었다.

토요일은 학교가 일찍 끝나면 친구들 집에도 가고 친구들과 놀기도 해야 하는데 엄마는 일찍 와서 동생을 보고 소꼴을 베고 소를 뜯기러 가라고 한다. 난 선생님이 일을 시켰다고 거짓말을 하고 대미골이라는 동네에 사는 친구 집에 가서 자두(추리)도 따먹고 마음껏 놀고 집에 왔다. 하지만 동생을 통해 내 거짓말이 들통 나서 혼나곤 했다. 해가 뉘엿뉘엿 질 때에 집에 도착하지만 소를 몰고 나가는 수밖에 없었다. 어느 날은 논둑이나 산길로 소꼴을 베곤 했다. 오빠가 없었고 언니 둘은 일찍 서울로 돈을 벌러 가서 집에는 나와 어린 동생들만 있었다.

나도 어린 나이였지만 일을 많이 해야 했다. 지금 생각하면 그 시절 엄마와 함께했던 그곳이 천국이었던 것 같다. 해가 서쪽 하늘 끝에 앉아 있을 때, 석양이 빨갛게 물들 때 소를 몰고 풀을 뜯기는 소녀의 모습을 상상해 보면 너무 멋지지 않은가?

여름에는 8시가 넘어서야 저녁을 먹는다. 엄마가 일터에 돌아온 후 저녁을 준비해야 했기 때문이다. 그 시절에 시계는 없었지만 엄마는 추측에 의존해서 아침에 일어나고 학교가고 밥 먹고 자고 했던 것 같다. 저녁은 감자 찌고 옥수수 삶은 후 마당에 모깃불 피우고 멍석 깔고 앉아서 먹곤 했다. 어린 남동생은 잡곡을 먹으면 안 된다고 해서 밥을 주고, 우린 상 밑에 숨겨 감자와 옥수수를 먹곤 했다. 그 시절 감자와 옥수수는 왜 그렇게 맛있었는지……. 저녁은 거의 감자와 고구마를 먹었지만 맛이 없었던 적은 없었다. 난 지금도 감자와 옥수수를 쪄 먹는 것을 즐긴다.

한 번은 불이 난 적이 있다. 이른 봄이었던 것 같다. 그때는 작은 언니가 있어서 둘이 나란히 누워서 자는데 바깥에서 연기가 나고 벌건 불이 보여서 전쟁이 났나 보다 했다. 이제는 죽는구나 했는데 집에 불이 난 것이었다. 우린 뒷문으로 빠져나와서 살았다. 동네 사람들이 양동이로 물을 길러서 불을 껐지만 바람이 살랑살랑 불기도 했고 도랑물이 멀리 있어서 불을 끄기에는 역부족이었다. 결국 흙벽돌만 앙상하게 남고 모두가 탔다. 멀리서 보면 직사각형의 흙벽돌만이 보였다. 우린 몸만 나올 수 있었다. 나중에 알고 보니 밤늦게까지 일한 엄마 대신 작은 언니가 저녁을 했다. 작은 언니는 배짱이 기질이 있어서 하루 종일 노느라고 집에 물이 하나도 없게 한 것이다. 그 시절은 멀리 있는 샘이나 도랑에 가서 도랑물을 이고 와야 했는데 언니가 노느라고 여유분의 물을 길어 오지 않은 것이다. 엄마가 아침에 밥을 하다가 불이 붙었는데 끄려고 하니까 물이 없어서 불이 난 것이다. 엄마는 아버지한테 온갖 욕을 들어야 했다.

담임선생님이 집을 방문하셨다. 불이 나서 오신 것이다. 아버지는 다짜고짜 학교를 그만 보내신다고 하셨다. 담임 선생님이 순자는 공부를 잘하고 훌륭한 사람이 될 거라면서 기성회비는 본인이 내시겠다고 하셨다. 그렇게 해서 4학년 기성회비는 담임선생님이 내셨다. 난 어린 나이였지만 그 돈이 적은 돈이 아니란 것을 알기에 늘 담임선생님께 미안해 했다. 어쩌다 교장 선생님이 도장이 찍히지 않은 것을 가지고 들어오셔서 왜 내지 않느냐고 말을 들을 때마다 우물쭈물해야 했다. 어린 자식들을 배불리 먹이려면 엄마의 몸은 부서지도록 일을 해야 했다. 엄마는 깜깜할 때까지 일하시고 돌아오다가

뱀에 발등을 물린 적도 있다. 엄마가 죽을 까 봐 많이 울었다. 발등이 퉁퉁 부어서 엄마는 집까지 까치발을 뛰고 오셨다고 한다. 그 시절은 연락할 길이 아무것도 없었다.

　　너무 늦게 와서 그렇다고 아버지한테 혼나셨지만 내가 농사를 지어 보니까 엄마의 심정을 이해할 것 같다. 조금이라도 더 하고 싶은 마음이 내게도 있었다. 나도 틈나는 대로 농사를 짓는데 저녁에 보이지 않을 때까지 일을 해야 할 때가 많이 있었다. 내가 어린 시절을 보냈던 동네는 갈라지라고 불렀다. 그 동네에 혼자 사는 조 영감이 있는데 그분을 불러서 침을 놓았다. 침을 놓아서 피를 엄청 많이 나오게 했다. 그래야 뱀의 독이 빠진다고 했다. 엄마는 몇 개월을 그렇게 피를 뽑으며 뱀의 독을 해독했다.

　　엄마가 품을 팔러 가시면 우린 집에 남아 있다가 아침 간식 때가 되었을 때 마당에서 바라보면 엄마가 일하러 간 밭이 보인다. 머리에 이고 오는 게 보이면 동생이랑 달려서 밭으로 올라간다. 그러면 우리도 한 끼를 얻어먹고 오곤 했다. 초등학교 4학년 때의 일이다. 엄마의 돈 10원을 몰래 가지고 가서 사탕을 사 먹었다. 공부가 끝나고 쉬는 시간에 멀리 있는 가게로 가서 사탕을 산다. 그 시절에는 10원에 20개다. 무지

개빛 나는 사탕이다. 난 20개를 움켜지고 먹으면서 다시 달려온다. 짧은 쉬는 시간에 사탕 20개 먹는 것이 보통 어려운 것이 아니다. 쉬는 시간이 끝나기 전에 돌아와야 하기에 몇 개는 입에 넣고 손에 쥐고 뛴다. 사탕은 녹고 찐득한 것이 손에 묻는다. 오다가 누구를 만나서 나누어 준 것 같지만 사탕에 대한 추억은 잊히지 않는다. 엄마의 돈을 몰래 가지고 왔기에 나중에 종아리를 맞았다. 회초리를 들고 엄마가 쫓아와서 종아리를 때리는데 얼마나 아프던지! 사탕의 단맛보다는 종아리의 아픈 맛이 더 매서웠다. 그때 엄마가 내게 던져 준 교훈이 있었다. 남의 것을 훔치지 말고 목에 칼이 들어와도 거짓말을 하지 말라고 하셨다. 난 엄마의 말씀 따라 살려고 애썼고 정직과 성실을 내 최고의 덕목으로 삼으며 자랐다.

난 어린 시절 두드러기가 많이 나서 힘들어 했다. 온몸에 두드러기가 나고 힘들어지면 손가락이 가늘어지는 것 같아서 일하는 엄마에게 달려가서 풀잎으로 손가락을 재면서 손가락이 가늘어진다고 하소연을 하곤 했다. 엄마는 마음이 허해서 그렇다면서 검은 옷을 입히고 집에서 키우던 닭을 삶아 주곤 했다. 어린 시절을 생각하면 엄마가 없이는 아무것도 생각나지 않는다. 내 어린 시절 마음에는 온통 엄마 생각뿐이다.

엄마의 병환

엄마는 몇 차례의 병환이 있었다. 9남매를 먹이고 입히고 고생을 많이 하셨다. 봄이 오기 전에 새싹을 뜯어 소 먹이와 우리를 먹게 하느라고 손톱이 남아나지 않았다. 세월이 흘러 그것이 병이 되어서 뇌졸중으로 몇 차례 쓰러지셨지만 오뚜기처럼 회복하셨다. 가지 많은 나무에는 바람 잘 날이 없다고 엄마는 늘 말씀하셨다. 그만큼 형제 많은 우리는 엄마 앞에서 다투고 울고 엄마에게 마음껏 투정을 부리고 했다. 엄마는 당신이 배우지 못했기에 자녀들에게는 모두 시키려고 했다. 엄마의 고생을 보며 자란 덕분에 모두 열심히 해서 모두 최고의 교육을 받으며 자랐다. 막내까지 공부를 하고 직장을 다니게 되었고, 엄마는 행복하게 사시는 듯했다. 장남은 제약회사, 쌍둥이 아들들은 공무원, 참으로 엄마가 고생한 보람이 있다고 동네 사람들은 말했다. 엄마의 바라던 대로 모두 결혼도 하고 행복하게 사는 듯싶었다.

　그런데 엄마의 3차 신경통이 엄마를 고통스럽게 했다. 나는 멀리 전라도 광주로 시집을 와서 전화로 엄마 소식을 들었다. 병원을 다니며 약을 드셨다. 약은 진통제 수준이었다. 처음에는 약으로 버텼지만 나중에는 약이 효과가 없었다. 엄마는 84세였지만 허리는 완전하게 기역 자로 구부러지셔서 꼬부랑 할머니가 되었고 너무나 연로하시고 연약해서 수술은 생각할 수가 없을 지경이었다. 3차 신경통은 한 번의 수술로는 안 되고 여러 번 수술을 해야 한다고 했다. 이제는 통증이 너무 심해서 씻지도 먹지도 못하고 시골에 혼자 웅크리고 엎드려서 통증을 이겨 내고 있었다. 멀리서 아들로부터 전화가 올 때는 괜찮다고 하니 아들들은 잘 몰랐다. 엄마는 시골에 살다가 자식들이 모두 모이는 것을 낙으로 삼고 계시는 분이기에 절대로 아들 집에는 가려고 하지 않았다.

　어느 겨울에 천안에 사는 동생에게 전화가 왔다. 엄마가 너무 고통스러워한다고 했다. 난 망설임도 없이 엄마를 모셔 오라고 했다. 그래서 엄마가 우리 집에 살게 되었다. 그때는 어린이집에 근무할 시기이다. 확실한 목표도 없이 엄마를 오시라고 했다. 가족과 함께 살고, 내가 먹는 영양제와 내가 배운 대체의학이면 나을 것이라고 생각했다. 난 내 아들의 천식도 내가 배운 대체의학과 영양제를 조합해서 완치시킨 경험이 있기에 가능할 것이라고 생각했다. 그러나 생각보다 엄마의 병은 깊었다. 뇌 교육에도 모셔 갔다. 내가 아는 것을 모두 동원했지만 엄마의 병은 점점 깊어만 갔다. 헐떡거리는 한 마리의 새가 된 것 같은 엄마를 보면서 가슴이 찢어질 듯 아팠다. 내가 출근할 때는 남편이 엄마의 식사를 차려 주곤 했다. 그땐 엄마가 같이 있어서 얼마나 든든하고 기뻤는지 모른다. 난 엄마는 많이 아팠지만 나의 버팀목이 되어 줘서 기쁨으로 하루하루를 보냈다. 내 어린 아들도 엄마의 부재를 할머니로 채울 수가 있어서 참으로 기뻤다. 하지만 엄마의 통증은 나날이 심해져서 방법을 찾아야 했다.

인터넷을 기도하는 마음으로 찾았다. 낮아져서 굶주림으로 살았던 엄마. 오직 9남매의 배를 곯지 않게 당신의 모두를 통째로 내어 주었던 엄마. 그런 엄마의 살길은 꼭 있을 것 같았다. 드디어 찾았다. 하나통합의원의 닥터가 박사님이고 대체의학으로 말기 암도 치유할 수가 있다는 글을 보았다. 큰 언니와 방문했다. 효소와 생식가루 등 몇 가지를 사고 여러 가지 검사를 했다. 뿌리채소 5가지와 잎채소 5가지 해조류를 전통식품인 고추장, 된장, 들기름으로 김에 쌈을 싸서 먹는 프로그램이다. 처음으로 먹는 것이라서 참으로 맛있었다. 야채수를 먹고 물을 많이 마셨다. 엄마의 병환은 나날이 좋아졌다. 피부도 매일 좋아졌고, 80대의 할머니 피부와 다르게 맑고 고와졌다. 거짓말처럼 통증이 사라졌다. 믿지 못하던 형제들도 엄마의 얼굴을 보고 안심하고 돌아갔다. 거의 한 달 만에 엄마는 치유가 되었다고 시골로 가시려고 했다. 나는 붙들고 싶었다. 그러나 엄마는 시골에 가실 때는 뒤도 돌아보지 않고 가시곤 했다. 엄마의 시골에 대한 마음을 알기에 붙드는 것을 포기하고 준비해서 보내 드렸다. 구정을 맞아서 시골로 가신 것이다. 모든 형제가 엄마가 치유되었다고 생각하는 것 같았다. 좋아지고 있는 것인데…….

지금 돌이켜보면 그때 같이 가서 못해 드린 것이 안타까웠다. 매일 전화를 드렸지만 좋다고만 말했다. 노인 혼자서 뿌리채소, 잎채소, 해조류, 생식가루, 야채수 먹는 것이 엄청 어렵다는 것은 엄마가 돌아가신 후에나 깨달았다. 다시 통증이 오기 시작해서 다음 해 4월에 다시 오셨다.

한 달 동안 열심히 야채식, 효소 생식으로 해독을 열심히 했다. 한 달 동안 하면 통증이 사라지고 회복의 기미가 보인다. 건강이란 계속 관리해야 하는데 엄마는 한 달 동안만 하면 시골로 가려고 하신다. 더 해도 뒤도 안 돌아보고 또 시골로 가신다. 난 그때마다 매우 섭섭하다. 아프면 오고, 나으면 뒤도 안 돌아보고 가시는 엄마한테 투정을 했다. 여기도 자식 집인데 갈 때는 뒤도 안 돌아보고 가신다고. 그래서인지 엄마가 우리 집에서 돌아가셨다. 너무 많이 아팠을 때는 엄마가 그리워하던 음성 시골집에는 가려고 하지 않고 우리 집에 간다고 하셨다.

그해 6월에 다시 통증을 가지고 집으로 오셨다. 이번에는 병원을 가지 않았다. 엄마가 못 참고 자꾸 가시는 것에 화가 나고 섭섭하고 그랬다. 특별하게 해독을 하지 않고 음식으로 하려고 했다. 풍욕을 하고 노란 콩을 갈아서 드렸다. 토마토 주스를 해 드리고, 필요한 것이 있으면 뭐든지 하려고 했다. 엄마의 병환은 우리의 일상생활이 된 것 같았다. 토마토를 갈고, 콩을 갈고, 체에 받쳐서 엄마 드리느라고 팔이 아팠다. 힘들었다. 하지만 지금 생각해 보면 행복의 투정이었다. 엄마는 요로법도 병행하고 계셨다. 밤에는 하지 말라고 했는데 빨리 완쾌되고 싶으셔서 밤에도 하시다가 흡인성 폐렴이 왔다.

어느 날 밤 엄마에게 온 흡인성 폐렴에 숨쉬기가 힘들고 금방이라도 돌아가실 것 같았다. 병원에서는 아직 심각하지 않다고 말했지만 우리 9남매는 모두 모여서 엄마를 지켜봤다. 흡인성 폐렴은 심혈관도 같이 동반해서 기도에 삽입관을 하고 대학병원 응급실로 가게 되었다. 나는 울면서 기도했다. 열흘이라도 살다 가시게 해 달라고 간절하게 기도했다. 아들 셋은 일주일을 병원 복도서 잠을 잤다. 자러 간 사이 엄마가 어떻게 될까 봐 자리를 뜨지 않았다. 엄마에 대한 간절한 마음을 모두 간직하고 있어서 그 자리에 바위가 될 듯 머물렀다. 엄마가 한시름 놓았다고 해서 일주일 만에 일터로 가고 딸들만 남아서 엄마를 돌봤다. 우린 엄마가 나아서 집으로 돌아올 거라고 생각했지만 나중에 안 일이지만 엄마는 죽음을 맞고 있었다. 가시기 전에 조금 좋아지는 현상이었다. 그렇게 엄마는 시나브로 가셨다. 내 아픈 가슴을 어디에 비유할 수 있으랴. 백 세까지 사실 줄 알았던 엄마는 흡인성 폐렴을 이기지 못하고 마지막 길을 가셨다.

엄마와 건강

엄마는 매우 알뜰하고 열심히 사시는 시골 아낙네였다. 물 한 방울 쓰는 것도 참으로 귀하게 여기시는 분이었다. 밥풀 하나 구정물에 나가지 않도록 애쓰셨다. 휴지 한 칸 귀하게 여기셨다. 우리가 성인이 되었을 때는 엄마가 궁상을 떤다고 생각했는데 60이 넘으면서 엄마의 절약 정신이 얼마나 귀한 것인지 깨닫고 삶에 실천하고 있다. 음식 찌꺼기를 줄이고 물을 아끼고 지금 우리가 꼭 실천해야 할 덕목을 우리에게 유산으로 주고 가셨다.

이렇게 엄마에 대한 추억이 우리 모두에게 있다. 나에게는 아주 특별하게 다가온다. 엄마는 나에게 추억을 남겨 두고 가셨다. 하늘이 무너진다는 아픔, 고아가 되었다는 아픔, 잘해 주지 못했다는 회한감……. 너무 괴롭고 힘들어서 그냥 있을 수가 없었다. 난 계속 울었다. 어린 아들이 "할머니가 천국 갔으니 그만 우세요"라고 말했지만 9남매를 낳고 어려운 시기에 배곯지 않게 성장하도록 해 준 엄마를 생각하면 울지 않고 배길 수가 없었다. 당신은 얼마나 배가 고팠을지 마음이 아련하게 아프고 아팠다. 그렇게 난 계속 눈물이 흐르는 것을 주체할 수가 없었다. 이러다간 내가 죽을 수도 있겠다는 생각이 들었다. 같이 살다가 가시니 가슴이 너무 찢어지게 아팠다. 가슴을 부여잡고 계속 울었다.

그렇게 몇 달이 흘렀다. 엄마에게 못한 장면만 스쳐 갔다. 나도 분명하게 엄마에게 잘해 드렸고 효도한 것도 있지만 유별나게 엄마 마음이 아팠을 장면만 떠올라서 더욱 눈물이 나왔고 가슴이 아팠다. 같이 영화 한 번 보지 못했고, 휠체어 태우고 산책 한 번 가지 못한 것이 한이 되었다. 휠체어를 다루는 것이 힘들기도 했지만 더 오래 사시려면 걸어야 한다고 걷는 것만 하라고 한 것이 계속 마음에 남아 아팠다. 그렇게 그렇게 난 엄마를 부여잡고 울기만 하며 시간을 보냈다.

세상을 떠난 어머니를 생각하면서 조금만 더 잘 챙겨 줄걸 하는 마음에 우울증이 찾아왔다. 이러다간 내가 죽을 수도 있겠다는 생각이 들었다. 지금의 상황을 극복하고 싶었다.

우울증을 극복하고자 찾은 곳은 요양원이었다. 요양원에 계신 어르신들을 돕기 시작했다.

엄마같이 아프고 연약한 분들이 많이 계셨다. 처음에는 어르신을 만나면 화장실 가서 울고 나왔다. 모두가 엄마로 보여서 많이 울었다. 자꾸 눈물이 나왔지만 그들을 많이 도우려고 힘썼고 그렇게 기저귀도 갈아 주는 상황에까지 왔다. 어떤 어르신은 치매가 심하여 화장실 가서 사용했던 휴지를 버리지 못하고 옷소매에 감추어 두었다. 옷을 갈아입힐 때 소변, 대변이 묻었던 휴지가 한 아름 나오곤 했다. 또 한 어르신은 시간만 나면 요양원을 나가서 찾아 다니곤 했다. 열 명이라도 한 명을 못 나가게 하는 것은 매우 힘든 일이었다. 처음에는 비위가 약하여 자주 토했다. 하지만 시간이 흐르면서 어르신들을 점점 사랑하게 되었다. 그렇게 비위가 약했던 나는 어르신들의 대변 냄새가 전혀 부담되지 않는 구수한 냄새로 느껴졌다. 어르신의 모습들, 하루하루의 생활은 다양한 삶의 모습이었다. 다람쥐처럼 더러운 휴지를 모으는 분, 시간만 나면 멀리 목표도 없이 나가서 걷는 분, 욕을 계속 하시는 분, 폭력적인 성향이 있어서 폭력을 행사하시는 분……. 엄마가 아니었으면 적응하기가 힘든 곳이었지만 엄마 같은 분이 많이 계셔서 난 빠르게 적응하며 내 엄마처럼 사랑하게 되었고 엄마로 인한 눈물이 점점 나오지 않게 되었다. 요양원에서 일하는 나는 엄마를 다시 만난 것 같아서 행복했고, 어떻게 하면 어르신들을 행복하게 해 드릴 수 있을까 하고 매일 생각하게 되었다. 한편으로 어떤 요양보호사들이 어르신들을 함부로 대하는 모습을 보면서 마음이 안타까웠다. 어르신들을 보면 계속 일하고 싶었지만, 요양원에서 일하는 사람들을 보면 일하고 싶은 마음이 사라졌다. 요양원에서 어르신을 돌보며 일한 시간은 2, 3개월에 불과했지만 내 인생의 목표가 생기게 되었다. 노인복지라는 것을 알게 되었고 노인을 행복하게 하면 내 삶이 행복해진다는 것을 알게 되었다.

건강하게 노년을 맞아야겠다는 목표도 생기게 되었다. 여러 모습으로 요양원에서 살고 계시는 어르신들은 모두가 몸과 마음이 아파서 고통스러워했고, 모두 빨리 죽어야겠다는 말을 달고 사셨다. 건강하기만 하면 백 세 이상은 가능할 것 같았다. 엄마로 인해 나는 두 가지의 목표를 가지게 되었다.

먼저 건강을 위해서는 내 삶을 송두리째 바꿔야겠다고 생각하고 식생활부터 바꾸기 시작했다. 우리 몸은 효소 창고라고 한다. 효소가 몸에서 만들어지다가 40대에 이르러 점점 효소가 고갈되기 시작하면 외부에서 먹어 줘야 한다. 우리 몸의 건강은 효소가 거의 관여한다.

뿌리채소 5가지, 잎채소 5가지 등 효소 생식으로 식사를 하려고 한다. 현미밥, 과일, 내가 먹는 모든 것이 나의 몸이 된다. 60대이지만 난 에너지가 좋다. 등산을 하면 20킬로미터를 가도 피곤하지 않는 에너지가 있다. 엄마로 인하여 난 건강이라는 유산을 받았다. 매일 감사와 행복으로 성공 시스템을 돌리고 있다.

엄마와 낮아짐

엄마는 그렇게 우리를 남겨 두고 가셨다. 아들 셋과 딸 여섯을 키우고 성장시키며 꿈을 주고 교육을 시키셨다. 당신은 굶어도 학교는 꼭 보내고, 기성회비는 어떻게든 마련해서 학교에 보내려고 하셨다. 그 어려운 시절에 9남매를 공부시키고 배고프지 않게 하신 내 엄마를 생각하면 지금도 마음이 한없이 낮아진다. 엄마 덕분에 비위가 유난히 약하던 내가 어르신들의 대소변을 본 기저귀를 교체할 수 있게 되었다는 것도 감사하다. 엄마 생각에 눈물을 흘리고 그 냄새가 구수하게 되기까지 난 낮아짐을 경험했다. 그리고 눈물로 기도하게 되었다. 처음에는 엄마에 대한 애통함이 나중에는 아프리카 주민들이 물이 없어서 전염병에 노출되고 먹을 것이 없어서 굶주리고 뼈만 앙상하게 남은 것을 보면서 눈물로 기도하게 되었다.

　엄마에 대한 애통함이 굶주림에 아파하는 지구촌 이웃들을 위한 눈물로 바뀌는 경험을 하게 되었다. 나 혼자 배불리 먹는 것을 엄마는 원하시는 것이 아니라는 것을 알게 하셨다. 모두가 골고루 배불리 먹고 행복하게 사는 곳을 만들고 싶다는 꿈을 꾸게 되었다. 난 꿈을 이루기 위하여 먼저 숲을 볼 수 있는 사고를 키우고 더 낮아져야 한다는 것을 안다. 내가 아닌 너를 위한 것이 무엇인지 알고 찾으려고 한다.

　낮아짐으로 충만하며 풍요함과 기쁨으로 내일을 향하여 달려간다.

복지센터

　　엄마로 인하여 요양원을 알게 되었고 근무도 하면서 어르신도 섬기게 되었다. 내가 요양원에 근무한 기간은 2, 3개월에 불과하지만 내 인생을 바꾸는 계기가 되었다. 요양원을 하고 싶었지만 투자금이 10억 원이나 든다고 했고, 인수할 곳도 없었다. 재가복지라도 하고 싶은 마음이었다. 고민 끝에 요양원에서 어르신들이 학대를 당하는 형편을 보았기에 난 복지센터라도 운영해야겠다고 생각했다.

　　방향성을 정하자 기회가 찾아왔다. 계획을 세우던 도중 큰 복지센터 센터장이 내게 손을 내밀었다. 1년간 복지사로 취직을 해서 차근차근 배우고 센터를 열라고 했다. 어르신을 찾아서 등급이 나오면 내 사업을 하라고 하셨다. 파격적인 조건이었기에 바로 수락했다. 목표를 수립한 후 2017년도에 복지사로 취직했다. 복지사로 취직은 했지만 난 사업가나 마찬가지였다. 1년 동안 배우면서 남들의 월급 이상의 수입이 생기고 어르신 집을 방문하는 것이 너무 즐겁고 행복했다. 2017년 한 해에 해외여행을 신나게 다녔다. 서유럽, 터키, 보라카이 등 자주 다녔다. 인생에서 가장 행복한 순간이었다.

2018년도에 드디어 센터를 개원했다. 처음에는 내 사업을 하는 것이 두렵고 떨렸다. 그 당시의 수입으로도 만족감이 컸기에 새로운 일에 도전하는 게 두려웠다. 하지만 꿈을 이루고자 하는 마음이 더 컸기에 샤론노인복지센터를 열었다. 개원한 지 1년이 안 되어서 복지사 선생님을 채용했다. 3년째는 요양보호사 선생님이 30명이 넘었다. 내 순수입도 엄청나게 많아졌다. 많은 수입이 60대인 나에게는 신기루처럼 느껴졌다. 난 뭐든지 할 수가 있고 메르세데스 벤츠도 살 수 있는 형편이 되었다. 언제든 동유럽, 북유럽, 호주, 캐나다도 여행할 수가 있다. 내가 담당하는 어르신들도 행복해 하는 모습을 보며 이루고자 하는 꿈에 가까이 왔음을 체감한다. 어르신들과 대화해 보면 가장 후회하는 일이 젊었을 때 원하는 일을 다하지 못한 거라고 말했다. 건강하지 못하니 빨리 죽어야 한다고 하신다. 난 복지센터를 하면서 어르신들을 더 건강하고 행복하게 해 드리고 싶어서 최선을 다한다. 난 많은 사람에게 건강하고 행복한 영향을 주는 것이 곧 내가 성공한다는 생각을 하게 되었다. 내 엄마가 했던 것처럼 이웃을 섬기고, 먹을 것 입을 것 없는 먼 나라 아프리카에는 우물을 파고, 필리핀에는 교회와 연수원을 세우게 되었다. 아직도 이 땅에는 굶주리는 사람이 3분의 1이라고 한다. 필리핀에는 먹을 것이 없어서 교회로 많이 몰린다고 했다. 엄마 생전에 엄마의 수고로 다른 사람의 필요를 채웠던 엄마의 교훈을 내 삶의 목표로 삼았다. 난 매일이 기쁘고 행복하다. 내 손의 수고로 다른 사람의 필요를 채운다는 것이 엄마의 뜻이기도 하지만 내 삶에서 너무 아름답고 행복한 일이다.

난 더욱 열심히 달려 먼 아프리카에 학교와 도서관, 유치원, 교회, 우물도 파야겠다고 목표를 세우고 있다.

꿈과 희망으로 새벽을 열다

잠꾸러기인 나는 늦잠을 잘 잔다. 일요일 같은 날은 12시쯤 일어나서 아침을 먹고, 조금 있다가 한숨을 자다 보면 어스름해지고 창문에 어둠이 짙어질 때쯤 일어난다. '이러다가 죽음을 맞으면 얼마나 허무할까?' 하고 생각한 적이 여러 번 있다. 엄마는 시골에서 농사를 지으니까 주로 아침 일찍 전화를 한다. 주로 새벽에 전화를 자주 하신다. 난 잠을 깬다고 전화기 코드를 빼어 놓고 자곤 했다. 지금 생각해 보면 엄마 마음을 너무 아프게 한 딸이다. 엄마는 자식을 위하여 모든 것을 내놓았지만 자식인 나는 엄마를 너무 아프게 하기만 한 것 같아서 가슴을 부여잡고 울곤 했다. 우는 것 빼고는 할 수 있는 게 아무것도 없어서 난 매일 눈물로 하루를 채색했다. 엄마가 없는 하루, 엄마가 없는 하늘 아래서 눈물 말고는 무엇을 할 수 있단 말인가? 요양원 어르신들의 대변 냄새도 구수하게 느껴져서 감사했다. 하지만 엄마의 빈자리를 채울 수가 없어서 울며 통곡하며 하루하루를 보내다 난 엄마가 기뻐할 것이 무엇인가 고민하기 시작했다. 먼저 일찍 일어나 보기로 했다. 살아생전에 너무 늦게 일어나는 자식들 때문에 스트레스를 받았을 것 같았다.

그렇게 해서 난 새벽 루틴을 만들기로 했다. 처음에는 새벽 4시 30분에 눈을 떴다. 처음에는 책을 읽고 감사 일기를 쓰며 하루를 시작했다. 매일 새벽에 깨다 보니 난 성공에 목표를 잡았다. 편안하고 행복한 하루를 만들다 보면 내 삶이 성공으로 만들어질 것 같았다. 새벽 시간이 짧아서 난 4시로 당겼다. 눈을 뜨면 기도와 명상을 하고 모든 이에게 감사하는 마음으로 일기를 쓴다.

아침 일기는 타이탄들이 주로 한다. "아침 일기는 정신을 닦아 주는 와이퍼다. 혼란한 생각들을 일기에 적어 놓기만 해도 좀 더 맑은 눈으로 하루를 마주할 수 있다"고 줄리아 카메론이 그녀의 밀리언셀러인 『아티스트 웨이』에서 말하고 있다. 새벽에 감사 일기를 비롯한 모든 것은 우리를 타이탄으로 만들기에 충분하다. 매일 새벽에 책 읽기를 한다. 인문서를 비롯하여 자기계발서 등 여러 장르의 책을 접한다. 이 습관이 잘 장착되어서 인문학적으로 세상을 바라보는 눈을 기르기를 소망해 본다. 나무가 아닌 숲을 바라보며 생각을 넓히려고 한다. 낮에는 분주하므로 조용한 새벽을 이용하여 모든 것을 한다. 새벽에 하는 모든 것은 나를 성공자로 이끄는 데에 부족함이 없다.

난 24 규칙을 지키기로 다짐하고 매일 새벽을 연다. 이것을 이름하여 성공 시스템이라고 부르기로 했다. 하루 2시간 책을 읽고 글을 쓰는 것이다. 4년간 하기로 결정했다. 4년 동안 하다 보면 내공이 쌓여서 내가 결심한 모든 것이 이루어질 것이라고 확신한다. 성공 시스템에 붙어 있기만 하면 언젠가는 성공의 문을 열게 되고 아프리카 꿈도 실현될 것이다. 나는 매일 새벽을 깨우려고 한다. 내가 가진 꿈이 엄마의 꿈이었음을 느끼며, 실현되도록 매일 책도 읽고 글도 쓰며 내 잠재의식에 꿈을 구체적으로 심어 놓는다. 싹이 나고 자라서 열매가 맺히는 그날까지 나는 엄마와 함께 달릴 것이다. 나는 매일 멋진 꿈을 품고 생활하기에 매일 감사하고 기쁘다. 가장 행복한 날들이 매일 내게 선물로 온다.

어머니 당신이 꿈이고 희망입니다. 엄마가 자식에게 모

든 것을 준 것처럼 나도 내 아들에게 모든 것을 주고 올곧게 살도록 길을 열어 주고 싶다. 울 엄마가 그랬던 것처럼 열심히 수고하여 다른 사람의 필요를 채워 주는 것이 성공이 아닐까? 내 아들도 그 길을 가도록 간절하게 소망해 본다.

다섯 번째 이야기 **최원교**

글 순서

떠난다는 것이 무엇인지 몰랐습니다

아프다는 것이 무엇인지 몰랐습니다

잘한다는 것이 무엇인지 몰랐습니다

이쁘다는 것이 무엇인지 몰랐습니다

착하다는 것이 무엇인지 몰랐습니다

서럽다는 것이 무엇인지 몰랐습니다

외롭다는 것이 무엇인지 몰랐습니다

고맙다는 것이 무엇인지 몰랐습니다

그립다는 것이 무엇인지 몰랐습니다

떠난다는 것이 무엇인지 몰랐습니다

'끝'이라고 '끝'이 아니었습니다. 끝난다고 해서 끝나는 것이 아니었습니다. 엄마를 떠나보내야 한다는 사실이 현실이 되는 무렵, 마음속으로 '헤어지는 연습'을 하고 있었습니다. 언젠가는 뵙지 못할 엄마이기에 최선을 다해야 한다는 결심을 단단히 하고서 말입니다. 절대 후회하지 않도록, 할 수 있는 것은 모두 해 드리겠다는 마음뿐이었습니다.

부엌일에 대한 집착으로 인해 '치매 초기 증상'인 줄 모르고 엄마와 많이 부딪혔습니다. 식사가 끝나기도 전에 설거지하신다고 고집을 부리시면 어쩔 도리 없이 지고 말아야 했습니다. 그런 상황에도 화만 냈지 곧 헤어진다는 것을 인식하지 못했습니다. 마냥 속상해 하고 한없이 원망했습니다. 워낙

착한 심성이라 웬만하면 요청하는 대로 하실 텐데 다른 때와 달리 고집을 부리셨습니다.

　　엄마는 어릴 때 아버지를 떠나보내시고 어머니마저 잃어버린 상황에 동생 둘이 있었습니다. 그것도 아버지가 다른 동생이 있었습니다. 새아버지는 또 새엄마를 맞으셨는데 나이 차이가 별로 나지 않는 분이셨습니다. 당연히 떠나야 했습니다. 동생 둘을 데리고 가장이 되셨던 것입니다. 엄마의 외가는 대가족이었습니다. 동생을 맡기고 엄마는 어느 집으론가 남의 집 살이를 가셨던 것으로 짐작되었습니다.

　　언젠가 외가에 대한 섭섭한 마음을 지나가듯 말씀하셨습니다. 서울이 난리가 나고 모두 남으로 피난 가는 날이었습니다. 엄마 말씀으로는 전혀 알 수 없는 일이었지만 이 부분에서 엄마가 남의 집 살이를 하셨다는 추측이 되는 상황입니다. 전쟁 통에 동생이 걱정되어 외갓집으로 달려왔는데 이모가 혼자서 마당에서 울고 있더라는 것입니다. 어른들 모두 피난 가 버린 빈집에 어린아이가 발을 동동 구르며 울고 있는 모습을 보고 망연자실했답니다. 엄마는 어린 동생 손을 잡고 남으로 남으로 피난길에 올랐다고 하셨습니다. 나중에야 안 사실이지만 그 어린 나이 16살에 결혼을 시켰답니다. 그 옛날에는 한 입 더는 것이 큰일이었고 당연한 일이었지요. 제가 어릴 때만 해도 그런 걸요.

그래서 식사만 끝나면 설거지를 성급하게 하셔야 했던 것입니다. 그때는 몰랐지만, 떠나실 때까지 전혀 말씀하지 않으셨어도 미루어 짐작할 수 있었습니다. 너무도 당당하고 자존심이 강한 엄마는 남편의 이른 외도에도 꿈쩍하지 않는 강한 분이셨습니다. 엄마의 복잡한 부모 계도가 말도 안 되는 아버지의 외도를 무조건 견디고 우리 남매를 지켜야 하는 신념을 갖게 했던 것입니다.

치매가 깊어지면서 더욱더 엄마를 이해하게 되었습니다. 빨리 한 입을 덜어야 했던 시절의 외가 살이는 엄마에게는 견딜 수 없는 고역이었던 것은 뻔한 일이었습니다. 게다가 동생까지 함께 있어야 하니 어린 나이에 종용하는 결혼은 항거할 수 없는 선택이었을 것입니다.

어떻게 시작된 일인지는 모르겠습니다. 엄마와 '김 씨' 아저씨와 엄마가 이북에서 난 아들의 이야기를 하게 되었습니다. 지금 와서 생각해 보면 '경도인지장애' 정도 치매가 진행된 때였던 것 같습니다. 그때 엄마와 실컷 자세히 이야기를 나눴어야 했는데 하는 후회가 생깁니다. 엄마가 얼마나 아팠을지를 생각하면 가슴이 미어집니다. '김 씨'라는 것밖에 모르는 남편과 낳은 아들은 공산당들에게 사형을 당했다고 합니다. 그래서 우리는 절에서 그 두 분을 위해 '천도제'를 지내 주기로 했습니다. 평생을 그렇게 하고 싶었을 것을 생각해서 제게는 '오빠'인 그분을 위해 제가 하겠다고 했습니다. 엄마는 고마움에 어쩔 줄 몰라 하셨습니다.

얼마나 서럽게 우시던지 그 이후로 치매가 깊어졌습니다. 차라리 모른 척하고 그 일을 덮을 걸 그랬나 하는 후회도 많이 했습니다. 그 이후 긴장을 놓으시더니만 치매의 길로 깊숙이 들어가셨습니다. 얼마나 조이고 조이며 속으로 혼자 썩었던 일인지 건강이 무너지고 만 것입니다. 고맙다고 수없이 이야기하시면서 소리 내어 내내 크게 우시더니 그만 맘을 놓아 버리고 병으로 들어가신 것입니다. 차라리 모를 것이 좋겠다고 몇 번이고 후회했습니다. 그러고부터는 찾아뵈면 조용히 제게 물어보셨습니다. "너는 내가 낳은 아이 맞니?" 가슴이 터지는 것 같았습니다. 오빠가 다녀가면 "저 사람은 내가 낳은 아이니?" 하고 물어보셨습니다. 혼자 꽁꽁 감춰 놓고 살 일도 아닌 대한민국의 역사적인 일인데도 엄마는 혼자서 더 깊고 깊은 굴 속에서 사셨던 것입니다. 1931년 3월 1일생인 엄마는 일제강점기를 6.25를 4.19를 그 험한 파도를 모두 겪고 89세의 나이까지 온 책임을 다하시고 떠나셨습니다.

배고픔을 우리에게는 겪게 하지 않으려고 너무나 열심히 사셨습니다. 그로 인해 우리 남매는 한옥에서 살면서 과외도 받고 운동화도 신고 배불리 먹으며 어려움 없이 자랐습니다. 새아버지의 반대로 학교에 못 간 엄마는 우리를 최고 명문 초등학교에 보내 주셨습니다. 공부에 대한 뒷바라지를 하기 위해 이루 말할 수 없는 헌신을 하셨습니다. 그래서 오빠는 독일 박사 학위를 받고 맡은 바 최고의 대학 전공과를 세우신 덕망 높은 교수로 퇴임하셨습니다. 의사이고 한의사인 사위를 너무나 사랑하고 존중해 주셨습니다. 당신은 지역에서 운영하는 노인대학 졸업장을 3개 가지고 계셨습니다.

직접 말씀은 안 하셨지만, 엄마 고행을 모두 꿰매어 봤습니다. 저절로 상상은 충분했습니다. 떠나신다는 것이 무엇인지도 모르면서 불쑥 사무치게 그립습니다. 함께 울었던 그 시간만큼 서러움이 북받치는 그리움을 떠올립니다. 하늘나라에서 지금도 우리 남매를 위해 법화경을 새벽마다 외우실 우리 엄마! 엄마의 그 마음으로 청천벽력 같은 큰 위기를 기회로 바꿨습니다. 힘들고 외롭고 무서울 때마다 내게 외쳤습니다.

　　'엄마는 혼자서 다 해내셨잖아! 넌 남편도 있고 아들도 둘이나 있는데, 꾀부리지 마! 장금순 딸이잖아! 엄마처럼 해! 엄마라면 어떻게 하셨겠어! 그게 답이야!'

아프다는 것이 무엇인지 몰랐습니다

가장 후회되고 죄송한 마음은, 엄마가 아플 때 생각 없는 아이였다는 것입니다. 내내 지워지지 않는 마음입니다. '얼마나 아프셨을까?' 이루 말할 수 없이 마음이 저립니다.

작년에서야 '나이 든다는 것'이 무엇인지를 알게 되었습니다. 63살에 마주친 '위기'는 세상에 대한 무서운 두려움을 주었습니다. 결코 포기할 수 없는 인생의 줄을 놓치지 않고 더 단단하게 일어서기로 결단했기에 엄마의 위기를 떠올리면서 엄마처럼 당당하게 더 높이 일어서는 기회로 삼자고 결정했습니다. 그러곤 2년 내내 꼬박 공부만 했습니다. 세상을 몰라도 너무 몰랐던 자신에 대한 대책이었습니다. 닥치는 대로 책을 읽고 온라인 세상을 파고 또 파고들었습니다.

일주일에 한 번, 산에 오르는 것도 잊어버렸습니다. 걸어서 퇴근하는 것도 잊어버렸습니다. 눈을 뜨는 그 시간부터 눈을 감고 잠들 때까지 세상을 샅샅이 삼켜 버리듯 배우고 또 배웠습니다. 과도한 몰입으로 어느 때부터인지 알 수 없지만, 무릎이 고장 나고 말았습니다. 앉은뱅이처럼 기어 다녔고 절뚝거리며 걸어 다녔습니다. 차에서 내릴 때는 호호 꼬부랑 할머니처럼 겨우 잡고 겨우 딛고 내렸습니다. 얼마나 긴 시간을 그랬는지 모릅니다. 놀라운 일이었고 참담했습니다. 그래도 무시하고 앞만 보고 달렸습니다.

엄마도 그런 때가 있었습니다. 잘은 모르지만, 고등학교 다니던 때로 기억됩니다. '석유 파동'으로 집안이 어려워졌습니다. 이층 양옥집 다섯 채를 지으셨던 엄마는 한순간에 경제적인 어려움을 겪게 되셨습니다. 지혜로운 엄마는 빠르게 단념하시곤 남은 돈을 챙겨서 그 당시 서울 변두리였던 시흥의 코카콜라 지역에 개발이 예상되는 논을 사들이셨습니다. 개발될 때까지 그 동네 문간방 하나를 얻어 우리 남매를 지키셨습니다. 재기할 시기를 기다리던 때였습니다.

오늘 걸은 산책길에서 만난 눈 덮인 산과 밭의 풍경은 그때 그 시간을 가져다주었습니다. 뺨을 스치는 한 겨울 찬바람이 오히려 훈훈한 엄마와의 시간을 열어 주었습니다. 그때도 추운 겨울이었습니다. '얼마나 혼자서 힘드셨을까!' '우리의 겨울이 살을 에듯 엄마의 겨울은 얼마나 추웠을까!' 누구한 사람도 의논하고 의지할 사람이 없었습니다. 개성에서 혼자 피난 나오신 실향민이시기 때문입니다. 행복한 결혼 생활도 금이 가 혼자서 남매를 책임지는 가장이었습니다. 상상할 수 없는 어려움의 무게가 이제야 느껴집니다.

새벽 별을 보며 산을 돌고 밭을 지나 한참을 걸어 나와야 큰 길이 보이고 버스 정류장이 있었습니다. 엄마는 망우리까지 가야 하는 딸의 등굣길을 지켜 주셨습니다. 딸은 이제야 엄마가 돌아가야 하는 캄캄한 길을 떠올립니다. 얼마나 춥고 무서우셨을까! 엄마의 위기 안에서 씩씩하게 잘 버텨 주는 자식이 그저 고마워, 엄마는 침묵으로 일관하셨던 때였습니다.

드디어 개발이 발표되자 엄마는 땅을 바로 처분하시더니 돈암동 산동네 아래 노인정에 만들어진 두 평짜리 구멍가게를 사셨습니다. 그때부터 엄마의 노동 장터는 동소문동 산동네였습니다. 콜라나 사이다를 짝으로 주문받으시면, 그 무거운 것을 이고 씩씩하게 오르셨습니다. 생전 노동을 안 해 보신 양반이 얼마나 씩씩한지, 힘찬 뒷모습이 생생하게 떠오릅니다. 불티나게 잘 되는 구멍가게는 엄마를 불퇴전 용사로 만들었습니다. 매일 돈 통에 돈이 가득 불어나는 것이 너무나 행복한 엄마는 새벽부터 밤 12시 통행금지 시간까지 정신없이 뛰어다니셨습니다.

1년이 되기도 전에 우리 가게가 있는 골목에 번듯한 집 한 채를 마련하셨습니다. 그러곤 허리를 못 움직이는 병으로 몸져누우셨습니다. 그런데 왜 기억이 안 나는 걸까요? 분명 누워서 화장실을 못 가셨는데, 엄마를 부축한 기억이 나지 않는 것은 왜일까요? 아무리 기억하려 애를 써 봐도 생각나지 않습니다. 이런 사진도 있습니다. 사진 속에는 머리에 수건을 두르고 이가 아프시다고 밤새 끙끙 앓는 엄마가 계십니다. 그런데 며칠을 누워 앓는 엄마를 돕기는커녕 '엄마, 많이 아파?' 하고 묻는 사진도 없다는 것입니다. 아무리 기억해내려 해도 아무 말이 없습니다. 도대체 대학 다니는 그 딸은 무슨 생각이었을

까요?

사진 속의 딸은 이해할 수 없는 사람입니다. 이제는 그 딸이 엄마 나이가 되었습니다. 조금만 더 늘려 일을 하게 되는 날은 어김없이 몸에서 저항합니다. 그것이 '나이 듦'임을 깨달았습니다. 엄마는 혼자 끙끙 앓으며 아무 말 없이 '나이 듦'을 겪어 내셨던 것입니다. 일 년 내내 아프면서 아플 때마다 소리 죽여 울었습니다. '얼마나 아프셨을까?' '얼마나 힘드셨을까?' '얼마나 두려우셨을까?' '얼마나 무서우셨을까?' 엄마의 참아 낸 침묵이 내내 가슴을 파고듭니다.

잘한다는 것이 무엇인지 몰랐습니다

70세가 훌쩍 넘어서도 엄마는 경제생활을 이어 나가셨습니다. 자식이 안정된 가정을 이루었는데도 아랑곳하지 않으시고 자립적인 생활을 하셨습니다. 신뢰로 똘똘 뭉친 친구들도 엄마가 계시는 신림동으로 하나둘씩 이사를 하셨습니다. 서울대와 가장 가까운 동네라 엄마 친구 부대는 되도록 방이 많은 집을 마련하셨습니다. 엄마는 친구들의 대장이셨습니다. 친구들은 엄마의 조언대로 방마다 학생들에게 세를 주고 경제적 자유를 누리셨습니다. 그때였을 겁니다. 친구들과 생애 처음으로 노래방을 다닌다고 자랑하셨습니다. 엄마가 노래를 잘 부르시는지 몰랐습니다.

치매가 오는 것도 모르고 있다가 엄마를 급히 모셔 오

는 일이 생겼습니다. 80세가 가까워져 오자 우리 남매는 적극적으로 신림동 살림을 정리하시도록 권유했습니다. 몇 년을 우기시던 엄마는 어쩔 수 없이 오빠의 간곡한 권유로 죽전 신도시에 당첨된 새 아파트로 이사를 하셨습니다. 그것으로 엄마의 은퇴식은 끝났습니다. 엄마 생애 처음으로 혼자 사시게 되는 독립일이었습니다. 행복하다고 말씀하시고 또 말씀하셨습니다. 새 아파트를 자랑하시면서 대한민국의 최고 아파트라며 자랑스러워하셨습니다. 처음 혼자 산다는 것! 독립 공간이 새 아파트라는 것! 34평이 딱 좋다는 것! 동네가 쾌적하고 교통이 좋다는 것! 그리고 무엇보다도 용인시에서 노인대학을 운영한다는 것! 만나 뵐 때마다 환하게 웃으시면서 자랑하시는 모습은 마치 커다란 흰 목련이 피어 있는 봄날 같았습니다. 그곳에서 엄마는 흰 목련이었습니다.

한 달에 한 번은 신림동 친구들과 곗날이라며 장거리 여행을 가셨습니다. 전철을 타실 때마다 국가에 고맙다고 하셨습니다. 지하철은 무료이니 온종일 타도 기분 좋다 하셨습니다. 신기하고 고마운 세상이라 하셨습니다. 그러던 어느 날, 엄마의 전화를 받게 되었습니다. 항상 바쁜 우리 남매의 사정을 잘 이해하시고 격려하시던 엄마는 화를 내면서 "자식 다 소용없어! 자기들 바쁘니 엄마도 잊어버리고!" 평소와 사뭇 다른 말씀에 깜짝 놀라 달려가 보니, 엄마의 금빛 나는 아파트는 어지러워져 있고 냉장고는 텅 비워 곰팡이가 껴 있었습니다. 가져간 반찬을 냉장고에 넣어 드리며 잘 드시라고 기분 맞춰 드리고 돌아왔습니다.

밤새 잠이 오지 않고 아무리 생각해도 석연치 않았습니다. 다음 날 가 보니 멸치 반찬 통만 밖에 나와 있는 것을 보고 이상한 생각이 들었습니다. 냉장고를 여는 순간 깜짝 놀랐습니다. 전날 넣어 둔 반찬이 그대로 있는 것이었습니다. 왜 멸치만 드셨냐고 여쭤보니 "다른 반찬이 없으니까 그렇지!"라고 대답하셨습니다. 아뿔싸! 냉장고 문 여는 것을 잊어버리신 것입니다. 눈물을 펑펑 쏟으며 바로 쓸 것만 가방에 챙겨서 그날로 모시고 왔습니다. 그렇게 엄마의 치매 병간호는 시작되었습니다. 30년 넘게 오시는 병원의 단골 환자분들도 한 분 두 분 치매를 앓던 때였습니다. 치매는 당연히 우리에게 고쳐야 할 병이었습니다. 때마침 치매 치료 약을 연구하고 있었습니다. 집에 모셔 온 장모님을 위해 남편의 임상 치료는 적극적으로 다양하게 진행되었습니다.

　이런저런 일로 오르고 내리는 우여곡절을 겪으며, 예쁜 치매와 노환으로 안정적인 생활을 할 수 있게 되자 엄마는 학교에 보내 달라고 하셨습니다. "여기는 감옥 같아! 너희는 아침에 나가면 밤에 오고, 아줌마가 종일 TV를 켜 놓고 시끄러워 죽겠다!" 평생 조용히 혼자 살아오신 엄마는 편안함을 지루하고 힘겨워하셨습니다. 백방으로 알아본 바, 정말 운이 좋게 사비로 부부가 운영하는 가정 요양집을 알게 되었습니다. 넓은 정원이 있는 아름다운 집이였습니다. 일곱, 여덟 분의 어르신을 모시고 스태프 세 분과 함께 단단하게 운영하고 있는 '실버피스'를 만나게 되었습니다. 친구도 있고 딸보다 더 딸처럼 잘해 주시는 원장님도 계시니 아무리 집에 가자고 권해 드려도 그곳이 좋다 하셨습니다. 그렇게 치매 11년 차가 되었을 때 엄마에 대하여 놀라운 사실을 알게 되었습니다.

주말이면 되도록 한 번도 거르지 않고 엄마께 달려갔습니다. 주말마다 찾아뵈면 "착하다, 고맙다, 미안해, 사랑해" 하셨습니다. 평소 거의 마음을 표현하지 않던 엄마는 치매를 앓으면서 속마음을 솔직하게 표현하시게 되셨습니다. "너보다 오빠한테 더 잘해줬다"시며 미안하다고 하셨습니다. 갈 때마다 미안하다고 하셔서 민망할 정도였습니다. 그리고 늘 사랑한다고 말씀하셨습니다. 가장 듣기 좋은 말! "예쁘다! 고맙다!" 늘 입에 달고 계셨습니다. 그때 커다란 비밀 아닌 비밀을 알게 되었습니다. 엄마는 실버피스의 오락부장이셨습니다. 유머러스한 이야기를 잘하셔서 할머님들의 웃음을 도맡으셨습니다. '엄마는 분위기 메이커'라시며 원장님은 엄마를 깊이 사랑해 주셨습니다. 게다가! 실버피스의 가수였습니다. 노래를 얼마나 잘하시는지!

엄마의 18번은 이미자 선생님의 〈동백 아가씨〉였습니다. 놀라울 정도로 많은 레퍼토리가 있었습니다. 가사도 음정도 박자도 정확했습니다. 신림동 노래방에서 쌓은 실력이 나온 것이었습니다. 그 전에는 엄마의 노래를 들어 본 적이 없었습니다. 늘 이른 아침에 나가시면 12시 통행금지 직전에 들어

오셨기 때문에 일하는 언니들과 생활했습니다. 중학교, 고등학교 때 역시 단 한 번도 듣지 못했습니다. 그러고 보니 엄마께 노래 한 번 요청하지 않은, 말도 안 되는 자식이었습니다.

집에 피아노도 없고, 교수님께 입시 개인 지도도 받지 않고 음악대학 성악과를 가게 된 것은 알고 보니 엄마의 노래 실력 덕분이었습니다. 치매가 오고 나서야 엄마의 노래를 들을 수 있었습니다. 〈섬마을 선생님〉, 〈굳세어라 금순아!〉 등 주말에 갈 때마다 엄마는 노래를 들려주셨습니다. 손뼉을 치고 녹음을 하고 주말마다 엄마의 콘서트는 우리를 행복하게 했습니다. 엄마가 잘하시는 것이 무엇인지도 모르고 살았습니다.

그 흔한 노래방 한 번 모시지 않았던, 그런 자식이었습니다.

이쁘다는 것이 무엇인지 몰랐습니다

엄마가 마지막으로 가장 많이 하신 말씀이 '이쁘다'였습니다. 남편과 함께 병원 운영만 할 때는 주말마다 빠지지 않고 찾아뵈었습니다. 치매 명의로 치매 환자를 주로 치료하는 병원이기에 노후의 마지막에 대해서 너무 잘 알고 있는 터라 한 번이라도 더 뵙고 싶어서였습니다. 피곤에 절은 몸을 달래어 한사코 한 번도 거르지 않았습니다. 사위의 알뜰한 보살핌으로 호전된 엄마는 원래 성격대로 가만히 계시지 못했습니다.

엄마 동네도 아닌 우리 아파트 노인정에서도 적응을 잘 하셔서 매일 아침 간병해 주시는 아주머님과 함께 종일 노인정에서 즐겁게 생활하셨습니다. 화투도 치시고 여느 때처럼 맛있는 점심도 친구분들과 먹었습니다. 그렇게 잘 적응하시는 엄마께 고마움을 전하고 싶었습니다. 가볍고 예쁜 구두를 선물했습니다. 그것이 화근이었습니다. 노인정 어느 할머님께서 엄마 신발을 자꾸 집에 신고 가신다고 집에 돌아오시면 속상해 하셨습니다. 새 아파트라 노인정도 시설이 참 좋았습니다. 하나 흠이라면 화장실이 밖에 있는 거였습니다.

엄마 구두를 바꿔 신고 가시는 할머니의 손이 안 닿은 가장 높은 곳에 올려놓으신다 하셨습니다. 우리는 치매가 나았다고 기뻐했습니다. 하지만 그 일로 화장실 가시려고 신발을 꺼내시다 넘어지셔서 왼쪽 고관절을 다치셨습니다. 전신 마치를 하고 쇠를 박는 대수술을 하고야 말았습니다. 다시 중 말기 치매 어르신이 되셨습니다. 큰 손자의 보호를 받으며 대학병원 물리치료실을 매일 출퇴근하게 되었습니다. 사위는 엄마께 더 맞는 치매 치료약을 개발해야만 했습니다. 다시 차츰 호전되시니 집이 답답하다고 '학교'를 보내 달라고 떼를 쓰셨습니다. 또 넘어지면 안 된다고 말렸지만, 소용이 없었습니다.

마침 단골 환자분께서 자신의 어머님이 계시던 곳이라며, 국가의 도움 없이 사적으로 운영하시는 작은 요양 가정집을 소개해 주셨습니다. 너무도 감사했습니다. 엄마는 착하게 사셔서 복이 많다고 생각했습니다. 철학이 있으신 해외 지사 근무를 오래한 부부께서 은퇴하시고, 두세 분의 도우미 아주머니와 함께 일곱 여덟 분을 돌보고 계신 양평 근처에 아름다운 전원주택이었습니다. 엄마는 참 많이 행복해 하셨습니다. 저도 덩달아 주말이면 소풍가듯 뵈러 가곤 했습니다.

유명하신 여가수님도 그곳에서 생을 마감하고 계셨습니다. 엄마를 이뻐하셔서 까다로우신 가수님도 여생을 넉넉하게 보내셨습니다. 누군가를 사랑하는 마음은 치매에 명약이었습니다. 오락부장인 엄마는 팬이라시며 가물가물 기억이 나시는지 그분의 노래를 조심스럽게 부르곤 하셨습니다. 영화 주인공처럼 연세 드셨어도 미용에 신경 쓰시는 모습을 보고 참 아름답다고 생각했습니다. 엄마는 집에 가자고 해도 그곳이 천국이라며 원장님이 참 좋다고 하셨습니다.

온 가족을 초청하는 파티도 열었습니다. 마당에 노래방

시설을 설치하고 할머님들 노래자랑도 했습니다. 일본 노래도 부르시고 최고 유명 가수님의 한바탕 춤도 보았습니다. 영광이었습니다. 일곱 가족이 모두 모여 하는 파티는 정말 최고의 사랑이었습니다. 엄마도 자신의 18번을 부르며 행복해 하셨습니다. 그러던 어느 날, 우리는 김시효 원장이 위암이라는 청천벽력 같은 소리를 듣게 되었습니다. 위의 삼분의 이를 절제하는 수술에 그만, 엄마보다는 남편의 안전에 총력을 기울여야 했습니다. 오대산 진부에 이어 지리산 남원으로 자연치료를 하러 다니다 보니 한 달에 한두 번 가서 뵙는 것도 여간 힘든 것이 아니었습니다.

살아 계신 부처님 같은 원장님은 엄마 걱정은 하지 말고 남편 잘 지키라고 하셨지만, 갈 때마다 얼마나 죄송스러운지 울면서 돌아오곤 했습니다. '엄마가 나를 잊어버리면 어떻게 하나' 하는 걱정으로 갈 때마다 긴장되었습니다. 하지만 엄마는 물끄러미 보시다가 "이쁘다! 참 이쁘다!" 하셨습니다. 한 번도 들어 보지 못한 말이었습니다. 참하시고 착하지만 말씀이 없으신 무게 있는 성품이셨습니다. 칭찬에 인색하신 것은 아니신데 말씀이 거의 없으셨습니다. 아니 우리 남매를 혼자 키우시느라 늘 일터에 계셨기 때문에 우리랑 대화를 나눌 겨를이 없었습니다.

혼자 있는 시간에 거꾸로 엄마를 깊이 생각하곤 했습니다. 철없는 아이였지만, 속으로는 엄마가 혼자서 많이 힘들 것이라 생각하고 웬만한 일은 혼자 해결하고 엄마 속을 썩이면 안 된다고 생각하는 단단한 아이였습니다. 사춘기도 조용히 혼자 넘겼습니다. 엄마는 한 번도 칭찬해 주신 적이 없었습니다. 복 터진 것이 60세 나이에 엄마한테 "이쁘다, 너 참 이쁘다" 참 많이 들었습니다. 아직도 말씀의 향기가 가시지 않았습니다. 엄마는 정말 이뻤습니다. 엄마 뺨에 제 뺨을 대면 향기가 났습니다. 아기 같은 엄마가 얼마나 이쁜지, 마음 향기로 남아 있습니다.

이쁜 것이 무엇인지 안 것은 엄마가 떠난 날이었습니다. 지리산에서 물 수련 중인데 실버피스 원장님께서 엄마가 운명하실 것 같다고 전화를 하셨습니다. 이틀째 조용히 주무시는 듯, 아무 고통 없이 눈 감고 계셔서 마음의 준비를 하는 것이 좋겠다 하셨습니다. 바로 올라간다고 하니 오는 도중에 운명하실 것 같으니, 차분히 움직여 미리 약속된 병원 영안실로 오라고 하셨습니다. 원장님께서는 엄마를 삼베옷에 손발 묶고 싶지 않다시며 저에게 의견을 물었습니다. 원장님은 마지막도 집에서 하셨으면 좋겠다고 하셨습니다. 고맙다고 말씀드렸습니다.

마지막 목욕을 직접 시켜 드리니 세상에서 가장 이쁜 분홍색 면잠옷을 사서 보내 달라셨습니다. 돌아가시기 한 달 전쯤이었습니다. 미리 준비를 하셨습니다. 얼마나 감사한지 눈물만 흘렸습니다. 말씀대로 목욕을 시키고 앰뷸런스 안에서 엄마 곁을 지키며 병원 영안실로 들어오셨습니다. 어떻게 무슨 말을 해야 할지 몰랐습니다. 평소에 가족장으로 조용히 지내라고 하신 엄마의 유언대로 우리는 누구에게도 알리지 않고 가족만 모였습니다.

아침 일찍 동네 꽃집으로 갔습니다. 빨간 장미 90송이에 흰 장미 10송이를 가장 큰 것으로 준비해 달라고 했습니다. 꽃집 사장님은 한 아름 안겨 주시면서 "나도 몇 달 전에 우리 영감 보냈어! 아침 개시해 줘서 고마워요!" 하셨습니다. 병원에 도착해 장미를 꽃송이로만 잘랐습니다. 분홍 잠옷을 고이 입은 엄마는 참 이뻤습니다. 평화로운 엄마 몸에 빨갛고 흰 큰 장미를 곱게 놓았습니다. 너무나 아름다웠습니다. 엄마의 보물이었던 오빠가 편지를 읽어 드렸습니다. 엄마께 보내는 편지를.

여지껏 뵌 엄마 중에 가장 이쁜 우리 엄마였습니다.

유독 힘든 날이면, 엄마가 말씀하십니다. "이쁘다. 이쁘다. 우리 딸 이쁘다."

착하다는 것이 무엇인지 몰랐습니다

태어나 보니 아버지가 계시지 않는 집이었습니다. 물론 들은 이야기이지만, 문간방 세 들어온 신혼부부가 저를 맡아 키우다시피 하셨습니다. 엄마는 개성에서 태어나 일찍 아버지를 여의고 외할머니와 여동생과 살았습니다. 외할머니는 외할머니의 아버님 권유로 그 당시 상상도 못하는 '재가'를 하셨습니다. 동네 대침을 잘 놓는 유명한 한의사에게 논과 밭 그리고 산을 혼수로 주고 과부가 된 사랑하는 딸과 두 손녀를 위해 새 가정을 꾸려 주신 것입니다. 상당히 복잡한 가정사를 갖게 된 시작이었습니다. 외할머니는 시름시름 앓으시다 한의사 할아버지의 딸을 낳으시고 돌아가셨습니다. 엄마는 또 한 명의 여동생의 보호자가 되신 것입니다.

한의사 할아버지는 다시 새 장가를 가셨답니다. 한 지붕 세 가족이 살게 된 것입니다. 엄밀히 말하면, 엄마와 이모는 전혀 다른 가정에 살게 된 것입니다. 동생과 함께 엄마는 다시 외갓집으로 돌아오게 되었습니다. 그때부터 소녀 가장이 되셨던 것입니다. 6.25 사변 전에 있었던 이야기는 엄마께 들은 것이 없었습니다. 물론 치매를 앓으시면서부터 하신 이야기로 조각조각 이어서 어떤 고생스런 시간을 보냈는지를 추측할 수 있었지만, 엄마께서 말씀하지 않은 일에 대해서는 저 또한 함구했습니다. 더 아프게 하고 싶지 않아서였습니다. 무조건 이해하고 안쓰럽고 가슴 아픈 엄마였기 때문입니다.

외할머니 때부터 복잡하고 쓸쓸한 가정사에서 자라신 엄마였습니다. 아버지를 어릴 때 보내셨기에, 집 안에 남자의 온기는 어디에도 없었습니다. 여자가 학교 가려 한다고 화를 내는 완강한 새아버지 밑에서 오로지 한약 다듬고 자르는 일만 신물 나게 하셨다고 합니다. 치매가 시작될 때 인지능력을 지켜 드리고자 한약을 다듬자 말씀드렸다 혼난 적이 있었습니다. 외할머니마저 일찍 떠나시고 남았을 그 황량함은 상상만 해도 가슴이 찢어집니다. 부산 국제시장에서 피난 생활을 하셨습니다. 취직한 곳이 '돼지표 메리야스', 넷이서 하는 회사였습니다. 고모와 고모부, 그리고 아버지와 직원인 엄마였습니다.

호황을 맞아 정신없는 가운데, 엄마의 참하고 성실함으로 공장은 점점 더 크게 성장하게 되었습니다. 고모는 동생인 아버지 짝으로 엄마를 점찍고 친 누이 이상으로 감싸 안으셨습니다. 엄마는 시누이가 친정엄마이고 큰 언니고 자신의 보호자로 여겨졌습니다. 자연스럽게 그 집의 가족이 되셨고 실향민이었기에 더욱 '가족'이라는 온정으로 똘똘 뭉치게 되었습니다. 사업이 성공하고 가정도 완성된 행복은 잠시였습니다. 첫 아들을 낳은 지 1년이 넘자, 아버지는 버젓이 외도를 하셨습니다. 작은 집을 꾸리시고 공식적으로 두 집 살림을 하셨습니다. 조용하면서도 단호한 엄마는 가지고 있던 스무 개의 금덩어리를 반씩 나누고는 서울로 홀연히 아들을 데리고 올라오셨다고 합니다.

잘못했다, 용서해라 하면서 술만 마시면 서울로 와서 엄마께 빌던 그날들에 저는 세상에 태어나게 되었습니다. 엄마는 없고 새댁이 아줌마에게 안겨 동네 젖동냥으로 생명을 이어 갔다고 합니다. 하도 듣고 들은 이야기라 제 기억 속에 남아 있는 한 살 배기, 최원교입니다. 삶을 비관하며 배에 있는 아기를 '죽여 살려'를 수없이 하셨다고 합니다. 간장도 먹어 보고, 배를 잡고 굴러도 봤는데, 아기는 어찌나 강한지 끄떡없이 건강하게 태어났다고 하셨습니다. 젖을 물리지 않고 동네 있는 극장에만 가서 앉아 있으니, 문간방 새댁 아주머니만 애가 타 밤새 우는 아이의 동네 젖동냥이 매일이었다고 하셨습니다. 무럭무럭 자라서 학교에 가고 성장하는 남매와 함께 엄마의 방황도 정상으로 돌아왔습니다.

어릴 때 기억은 후딱 하면 아버지가 작은집 아이 셋을 데리고 한밤에 우리 집으로 몰려오는 장면입니다. 자다가 놀래서 오빠 방으로 쫓겨 가곤 했습니다. 다음 날 아침이면 다섯 명의 아이와 엄마와 아버지로 작은 한옥이 꽉 차곤 했습니다. 그리고 며칠 지나면 또 모두 사라지곤 했습니다. 또다시 왔다가 또 밀려가……. 이런 이상한 일을 참고 견뎌 내는 엄마를 이해할 수 없었습니다. 착한 엄마의 착함을 도저히 이해할 수 없었습니다. 참다 참다 골을 낸 날들의 기억이 더 없이 가슴

저미는 날이 되었지만요.

"아버지 없는 아이는 만들 수 없어요!" "죽으면 죽었지, 아버지 없는 아이는 절대 만들 수 없습니다. 그러니 이혼은 절대 안 됩니다!" 아버지가 이혼해 달라고 애걸하고 협박할 때도 답은 한결같았습니다. 착한 엄마가 얼마나 대차고 칼처럼 단호했던지, 아직도 귓가에 박혀 있는 엄마의 철학입니다. 엄마의 일생을 알게 되면서 모든 것이 이해되었지만, 평생 혼자 살면서 그 호적이 뭔지 철통같이 지키셨던 이유가 모두 공감되었습니다. '그 지긋지긋한 아버지의 자리!' 그것이 '착함'이 지키는 '그것'이었습니다. 엄마의 일생 동안 아버지의 부재로 겪었던 그 고통을 우리에게 절대로 물려줄 수 없었던 것이었습니다.

자신처럼 되지 않게 하기 위해 '착한 항거'를 평생 한 것이었습니다. 착한 것이 무엇인지 몰랐습니다. 그때는 몰랐습니다. 정말 몰랐습니다.

서럽다는 것이 무엇인지 몰랐습니다

살다 보면 상상도 못할 일을 겪게 된다고 하지요. 엄마 덕분에 꽃길만 걸었던 제게도 예상치 못한 일이 닥쳐왔습니다. 위기는 파도처럼 온다고, 20년 출판 경력에 말도 안 되는 이유, '부당한 인세'라는 죄명을 조작한 작가로 인해 송사를 겪었습니다. 민형사 사건 7개를 6년간 겪어 내야 했습니다. 한 가지 소송도 인생을 뒤집어 놓는다 하는데, 무려 7개의 사건으로 나날이 피가 말랐습니다. 인간 재해였습니다.

'무죄', '무혐의', '혐의 없음'으로 모든 것이 바로잡히자 얼마나 마음을 졸였으면 감기 한 번 걸리지 않고 건강하던 사람에게 큰일이 생겼습니다. 의사인 남편이 '위암 2기' 진단을 받았습니다. 위 삼분의 이를 잘라 내야 하는 피나는 전쟁이 시작되었습니다. 양한방 의학과 한의학을 공부한 남편은 항암 치료를 하지 않고 자연치료를 선택했습니다. 하루하루를 버텨 내야 했습니다. 건강 재해였습니다.

3년간 암과의 투쟁을 치르고 겨우 안정을 찾았을 무렵, 팬데믹 시대 코로나와의 전쟁이 전 세계를 흔들었습니다. 자연재해였습니다. 인간 재해도 바로잡고, 건강 재해도 이겨 냈지만 자연 재해는 어쩔 수 없었습니다. 두 손을 들 수밖에 없었습니다.

정말 서러웠습니다. 아버지 무덤이라도 파고 싶다는 말을 수없이 되뇌었습니다. 어디에도 찾아볼 수 없는 황량함으로 서럽고 또 서러웠습니다. 물론 외톨이로 일만 하고 살아온 제 탓이었습니다. 모두가 제 탓이었습니다. 인간 재해도 건강 재해도 자연 재해도 모두 내 탓이었습니다. 그 많은 서러움을 겪으며 엄마 일생이 얼마나 서러운 삶이었을지를 피부 속 깊이 느껴졌습니다. 늘 엄마 곁에 있으면서도 모르고 살아온 저 자신을 자책하면서 엄마처럼 견뎌 내야 한다며 이를 악물었습니다. '나는 남편도 있고 장성한 두 아들도 있는데…… 엄마는' '나도 엄마처럼 잘 해낼 수 있어!' '엄마도 그랬지, 어려웠

던 그때가 지금의 나처럼 그때였어!' '이럴 때 엄마라면 어떻게 했을까?' '얼마나 서러우셨을까!'

어느새 엄마는 언제나 상의할 수 있도록 내 안에 계셨습니다. 혼자서 중얼거렸습니다. 엄마가 꿈에 오셔서 말했습니다. 한 번도 보이지 않았던 꿈에 오셔서 말씀해 주셨습니다. "내가 큰 집을 마련해 놨으니, 걱정 말고 편히 하거라!" 여느 때처럼 간략하게 하실 말씀만 하셨습니다. 그래서인지 그 이후로 차차 마음이 편안해졌습니다. '하면 되지'라고 늘 그 순간에 집중했습니다. 엄마는 그러셨습니다. 늘 노력하고 늘 그 순간에 최선을 다하셨습니다. 엄마는 서러우신 상황에도 차분하게 본분을 지키셨습니다. 남들이 가는 길도 옳지 않으면 가지 않았습니다. 항상 끝은 있는 거라고 말씀하셨습니다. 남에게 해를 끼치면 그 이상으로 나에게 돌아오는 것이고, 남에게 이롭게 하면 그 이상으로 나에게 돌아오는 것이라고 말씀하셨습니다. 그리고 그 말을 지키셨습니다.

외롭다는 것이 무엇인지 몰랐습니다

'외로우니까 사람이다'라는 말이 있습니다. 함께 있어도 외롭다는 경험을 하곤 합니다. 그 안에는 '나와 같지 않음'이 있습니다. 외로움의 본질일까요? '외로움'을 네이버 어학사전에 찾아봤습니다, '홀로 되어 쓸쓸한 마음이나 느낌'으로 설명하고 있습니다. '마음이나 느낌이나 같이 있어도 홀로 되어 느껴지는 쓸쓸한 마음'이라는 뜻입니다. 같이 있어도 항상 같은 마음일 수는 없는 것이니까요. 많은 사람들과 함께 있을 때도 혼자 외로울 수 있습니다. 가족과 함께 있어도 외로울 수 있습니다. 엄마는 혼자였습니다. 늘 혼자 하는 삶이었습니다. 조용히 미소 지으며 자주 말씀하셨습니다. "나는 평생을 혼자 외롭게 살았으니, 죽으면 사람들이 지나다니는 길에 묻어 줘." 어릴 때부터 들은 이야기라 그렇게 해 드렸습니다. 잊지 않았습니다.

성묘를 가지 않습니다. 마음에 계시기 때문입니다. 오빠 부부가 산소를 가시고 관리소에서 관리를 철저하게 합니다. 매일 매 순간 엄마와 함께하고 있습니다. 외롭지 않습니다. 엄마도 저도, 우리는 더 이상 외롭지 않습니다. 엄마 마음이 제 마음이고, 제 마음이 엄마 마음입니다. 다급하고 힘들 때는 "엄마"를 작은 소리로 부르게 됩니다. 자연입니다. 남편이 든든하고 건강하게 삶을 함께해 주고 있습니다. 고마움을 느낄 때 엄마의 외로움이 함께 옵니다. '엄마는 얼마나 외로웠을까!' 항상 곧고 단단하셨던 엄마를 떠올리게 됩니다. 아이들이 있어 줘서 든든함을 느낄 때도 엄마의 외로움이 말을 겁니다. '엄마는 얼마나 외로웠을까!' 함께하는 딸이 아니었기에 '엄마의 외로움'은 항상 제 마음에 남아 있는 것입니다.

그 시절에 '한 부모 가정'은 지금보다 더 춥고 외로웠습니다. 모든 물자가 부족하고 어려웠던 때라, 스스로 해내야 했습니다. 엄마의 외로움 속에 우리는 자랐고 무심했습니다. 항상 누렸고 그것을 당연하게 생각했던 것이 아마도 엄마를 더 외롭게 했을 것입니다. 틀림없습니다. 많은 시간 담담했고 엄마의 편이 아니었습니다. 항상 엄마에게 숙제이고 짐이었습니다. 제 성장은 밝고 자신감에 찼던 피 끓는 청춘이었습니다. 그 청춘은 온전히 엄마의 외로움 덕분이었습니다. 이제와 생각해 보니 '세상에나, 어떻게 그 어마어마한 일을 혼자서 하셨을까……. 얼마나 외로우셨을까…….'

나이가 들고 어려움을 겪고 그 어려움을 딛고 성장하면서부터 엄마의 외로움이 절절하게 모두 이해가 되었습니다. 어려운 일을 당하면서, 무너져 무릎을 꿇게 되면서 엄마의 일생에 모든 외로움을 공감하게 되었습니다. 세상에 나를 아는 단 한 사람이 얼마나 소중한지를 알게 되었습니다. 혼자서 두 생명을 지켜 낸다는 것이 표현할 수 없는 고행인지를 이제야 알게 되었습니다. 긴 시간 동안 힘든 일이 한두 가지가 아니었을 진데, 어디에도 말하지 못하고 혼자 해결해 왔을 엄마를 생각하면 온몸에 외로움이 저며 듭니다.

힘들 때, 우리 아이들이 힘이 되어 주었습니다. 삼 년 전, 세상이 모두 무너졌을 때 두 아이가 도와주고 지켜 줬습니다. 큰아이는 우리의 어려움이 자신의 인생이 되어 버렸습니다. 선택할 겨를도 없이 우리의 난제가 큰아이의 짐이 되었습니다. 책임감으로 자신이 용사가 되었습니다. 엄마가 힘들었을 때 그러지 못했던 자신을 뉘우친 만큼 감사하고 감사했습니다. 죽을 만큼 힘들었지만, 감사함에 외롭지 않았습니다. 가족이라는 것, 가족이 있다는 것, 혼자가 아니라는 것에 감사했습니다.

새벽 2시에 기상하는 이유입니다. 하루라도 더 빨리 되찾아야 하는 이유, 전보다 더 크고 단단하게 성공해야 하는 이유입니다. 엄마가 그렇게 하셨듯이. 엄마의 외로움은 우리에게 희망이었습니다. 지금도 엄마는 우리에게 희망입니다.

어머니, 당신이 희망입니다.

그립다는 것이 무엇인지 몰랐습니다

병원 로비 대형 화면에 엄마가 계십니다. 치매를 11년 앓으시면서, 사위를 치매 명의로 등극시키셨습니다. 2013년 부터 그 당시 건강 프로그램에 치매 환자 사례로 출연하셨습니다. 거의 전 프로그램에 한두 번씩 출연하셨습니다. 『장모님의 예쁜 치매』 책의 주인공이십니다. 엄마 치매 이야기를 '프리미엄 조선'에 연재를 하게 되었습니다. 엄마는 유명 인사가 되셔서 여기저기 TV 출연을 오래도록 하셨습니다. 15분 나가는 영상을 찍기 위해 종일 촬영을 하는데도 참을성 있게 잘 협조해 주셨습니다. 피디님들은 엄마를 진심으로 사랑하며 영상에 담았습니다. 엄마는 연예인 재능도 있었습니다.

엄마는 두 번 출연하게 된 방송의 피디님을 기억하셨습

니다. 함께 사진도 찍자고 하셨습니다. 사랑스런 엄마를 촬영 팀 누구나 행복하게 담아 주셨습니다. 영상은 진료 시간 내내 돌아갑니다. 종일 엄마와 함께합니다. 영상 속에 엄마는 많은 분께 용기를 주고 계십니다. 아픈 환자분들은 엄마 영상을 보면서 희망을 갖게 됩니다. '나도 원장님 장모님처럼……' 엄마는 그런 사람입니다. 누구에게나 용기를 주는!

떠나시고도 용기를 주는 사람, 치매를 앓으면서도 밝고 예쁜 사람, 자식을 사랑하는 사람입니다. 최근 들어 3년간 먹어 온 영양 주스를 만나는 분마다 전하고 있습니다. 가정의학과 전문의이며 한의사인 치매 명의 김시효 원장, 남편이 암을 이겨 내면서 3년째 마시고 있는 하루에 꼭 먹어야 할 비타민, 미네랄, 항산화 일체가 들어 있는 영양 주스입니다. 엄마가 계셨을 때는 우리나라에 들어오지 않았습니다. 전 세계를 다 뒤져서라도 찾았어야 했을 영양 주스인데, 그 모든 것을 몰랐던 때라 그 중요한 것도 몰랐습니다. 엄마께 드렸다면 삼사 년은 더 사셨을 텐데 하는 안타까운 마음입니다. 그 마음을 담아 한 달에 서너 분 어르신께 선물로 올립니다. 엄마께 올리는 마음으로.

그리운 엄마는 병원에서 일하면서도 항상 함께합니다. '엄마, 안녕! 나 잘하고 있지?' 씩씩하게 엄마에 대한 그리움을 현실에 녹입니다. 일상의 언제 어디에든 엄마가 계십니다. 지켜보고 계시고 함께 돕고 계십니다. 그리움은 현실이 되고, 보고 싶음은 마음이 되어 모든 것에 당연히 집중하게 합니다. 그리움은 그런 것입니다. 힘나게 하고 견디게 하고 집중하게 합니다. 엄마의 바람이기에 우리는 더 크게 성장합니다.

보고 싶어서 울지는 않습니다. 항상 옆에 있기에.
만나고 싶어서 울지 않습니다. 항상 함께하기에

더 이상은 울지 않습니다. 하나가 되었기 때문입니다. 그리움도 함께하고 외로움도 함께합니다. 서러움도 함께하고 인내합니다. 엄마처럼 엄마가 되어 희망이 되려 합니다. 엄마에 대한 그리움은 아이들의 소중함으로 성장했습니다. 가슴에 있는 엄마는 한마음으로 우주의 사랑을 허락하게 하셨습니다.

엄마는 나이고, 나는 엄마입니다.
엄마는 사랑입니다.

고맙다는 것이 무엇인지 몰랐습니다

고맙다는 것이 무엇인지 몰랐습니다. 없어 보니 그 빈자리가 온통 '고마움'이었습니다. 위기를 만나니, 온통 기회였습니다. 엄마의 부재는 슬픔으로 가득 찼지만, 엄마가 온통 '새로운 성장'으로 바꿔 놓으셨습니다. 엄마는 어마어마한 우주의 선물이었습니다. 하나에서 열까지 모두가 '감사'였습니다. 아침에 눈을 뜨면서 그리고 다시 다음 날 눈을 뜰 때까지 모두가 고마운 것뿐이었습니다.

세상이 무너졌을 때, 세상이 온통 고마운 것이라는 것을 알게 되었습니다. 병원에서 치매 어르신을 만나면 꼭 드리는 말이 있습니다. "어머니, 자녀분이 전화하면 대답하시죠! 엄마 하고 불렀을 때 응 하고 대답만 하셔도 어머니는 정말 진짜 훌륭하신 겁니다!" 그러고는 엄지 척을 해 드립니다. 환하게 웃으시고 행복한 표정이 되시지요. 그렇습니다. 대답만 해주셔도 훌륭한 어머니셨습니다. 언제나 그 자리에 계셔 주시는 엄마는 하늘이고 땅이셨습니다.

삶이 고달파서 술을 과하게 먹은 날이었습니다. 열두 시가 넘어서 신림동으로 향했습니다. 놀라서 꿀물을 타 주시는 엄마 앞에 앉아 엉엉 울었습니다. 그러곤 잠들어 버렸습니다. 기절하듯! 아침에 엄마 하시는 말씀이 "얘, 너는 어떻게 네 애비하고 꼭 닮았니! 니 아버지가 들어오는 줄 알았다!" 죄송하기도 하고 은근히 푸근하기도 해서 웃고 말았습니다.

세상에 고마움의 씨앗인 어머니, 당신이 계셔서 뿌리를 내릴 수 있었습니다. 비바람이 불고 눈보라가 몰아쳐도 우리는 꿋꿋하게 크는 나무입니다. 거목이 되어 그 어떤 위기에도 흔들리지 않습니다. 당신이 그랬기에 우리도 그렇습니다. 엄마가 가신 길을 우리도 그대로 따라갑니다. 우리는 당신의 열매이며 또 씨앗입니다. 흔들렸다가도 엄마를 생각하며 바로 잡습니다. 엄마도 그러셨기 때문입니다. 인내하며 엄마처럼 되기 위해 공부하는 삶을 살아갑니다.

함께해 주셔서 감사합니다.

나아 주셔서 감사합니다.

참고 지켜 주셔서 감사합니다.

자라고 알 때까지 기다려 주셔서 감사합니다.

당신의 자녀로 허락해 주셔서 감사합니다.

어머니, 당신이 희망입니다
세 번째 이야기

초판 1쇄 인쇄 | 2023년 03월 30일
초판 1쇄 발행 | 2023년 04월 06일

지은이 | 홍윤옥, 이은자, 김효정, 김순자, 최원교

펴낸이 | 최원교
펴낸곳 | 공감

등 록 | 1991년 1월 22일 제21-223호
주 소 | 서울시 송파구 마천로 113
전 화 | (02)448-9661 팩스 | (02)448-9663
홈페이지 | www.kunna.co.kr
E-mail | kunnabooks@naver.com

ISBN 978-89-6065-320-7   (03810)